U0036172

魔豆

魔豆

夜的冒險譚
The Story of GOD's Agents
神使劇場
醉琉璃——著

目錄

楔子

亮白色的光束劃破黑暗，照亮了前方部分區域。

接著光束朝左右移動一會，又往上方挪動，好讓人將範圍內的景象收納眼裡。

確定沒什麼異常後，手電筒的主人鬆了口氣，繼續往前邁進。

來人是個體格中等的年輕男子，外貌約莫二十來歲，揹著包包，穿著厚底靴，手上戴著工作棉手套。

晚間十一點，座落在郊區的建築物群就像蟄伏在濃夜裡的龐大怪物。它們一動也不動，偶爾被手電筒光束掃到的窗戶彷彿是亮起的眼睛，靜靜地俯視著朝它們步步接近的微小身影。

廖承彥會挑深夜時分來到這處已經荒廢多年的高中，是爲了場勘。

他是夜遊團的團主，除了自己帶人探險夜遊外，也會接一些委託，幫忙其他團主過來踩點，摸清楚活動場所究竟是安全或是暗藏危機。

畢竟帶人夜遊，安全優先。要是團員中有人出了事，不但自毀名聲，更可能引來一連串麻煩。

廖承彥自己帶的大多是高中生，還以未成年爲主，他最怕的就是這些孩子們身後的家長了。

在他眼中，那無疑像是怪物般的存在。

惹上怪物家長，就只能吃不完兜著走了。

因此他在場勘時都格外盡心盡力，一趟下來，幾個小時跑不掉。

他今天踩點的，是一間位於繁星市、叫作「旭日高中」的廢校。

廖承彥不是當地人，來這之前已先在網路上做過不少功課，打探到不少消息。

旭日高中是一所私立學校，但升學率不高，加上少子化影響，連續幾年招生人數未達標準。

連年虧損下，學校最後面臨了關閉的下場。

據廖承彥了解，土地所有人原本想進行改建，可不知什麼原因，幾次工程都碰到了意外，只得擱置下來，最後改建計畫自然不了了之。

旭日高中經過長時間日曬雨淋，建築物表面斑剝，校內雜草叢生，瘋長的藤蔓植物更是攀爬得到處都是，從外觀來看陰森森的，鮮少有人敢接近。

久而久之便成了一處荒涼廢墟，甚至還傳出不少鬼故事。

一般人或許對廢墟避之唯恐不及，可對廖承彥，或是其餘喜歡夜遊探險的人來說，這裡絕對是無比美妙的地方。

廖承彥覺得必須感謝告訴他這裡的朋友，不然他還眞不曉得繁星市原來藏有這麼棒的夜遊點。

旭日高中門口的伸縮門是關上的，上面鏽蝕得嚴重，雖然可以爬過去，但他的目標是旁邊緊鄰警衛室的小門。

小門上的鎖頭早就不知去向，只要伸手使勁一推，就能讓它往後退。

聽著鐵門發出「嘎吱——」的綿長聲響，廖承彥不禁慶幸這裡的荒涼，不用擔心引起附近住戶注意。

畢竟再怎麼說，他這樣的行爲都算是私闖他人土地，即使這裡是廢墟也一樣。

四下無人，學校周圍也沒有人車經過，所以這裡格外安靜，一丁點聲音都會被放得響亮。

廖承彥清楚地聽見自己的呼吸聲、腳步聲。他走進了第一棟大樓，從門牌上褪得模糊的文字，仍能判斷出這裡應該是有著各類辦公室的行政大樓。

廖承彥索性換了目標，他今天鎖定的是一年級大樓——鬼故事發生地之一。

他這人天生膽子大，否則也不會敢隻身前來廢墟場勘，對於鬼故事更是嗤之以鼻。

他不相信這世界有鬼，夜遊過那麼多地方，其中也不乏知名的靈異景點，可從來沒碰過任何怪事，更別說是見鬼了。

在他看來，團員出事還比看見鬼可怕。

雖說他不信，但也不妨礙他利用所謂的鬧鬼處來增加夜遊噱頭。

有些小屁孩特別愛這味，鬧鬼鬧得越厲害，他們越是迫不及待地想要去試膽。

碰上有附加鬧鬼傳聞的地點，廖承彥都會檢查得更加仔細，有時還會暗中布置幾個無傷大雅的嚇人小機關，增加氣氛。

關於旭日高中一年級大樓的鬼故事是這樣的。

相傳有對情侶跑來這處廢校殉情，沒想到男方害怕死亡，臨時改變主意，在女方上吊後慌張逃走。

被留下的女方也心生後悔，然而卻已經太遲，最終掛在吊扇底下，成爲教室裡一具冰冷的屍體。

此後要是碰到一群人中剛好有情侶進來夜遊，就會撞上這名心懷怨氣的女鬼。

廖承彥怎麼看，都覺得這故事實在太假了。

他可是查過新聞，壓根沒找到這裡曾發現女屍的消息。他還找了繁星市當地人詢問一番，對方也沒聽說過有人在此上吊的事。

當廖承彥走進一年級大樓的教室，頓時更加篤定殉情傳聞是捏造出來的。

也不知道當初創辦這所學校的人是怎麼想的，教室天花板居然沒安裝吊扇，夏天就只能完全靠窗外吹入的自然風。

既然沒有吊扇，那麼女方吊在吊扇下一事自然也就不成立了。

廖承彥逐一巡視一年級大樓的教室，班級掛牌都被拆下了，但他有做過功課，知道旭日高中的建築物是對稱的格局，容易讓人搞混。但只要一開始的方向沒錯，就不會誤走到另一邊的大樓。

廖承彥看得仔細，連講台底下也沒放過。幸好沒有在這些教室內發現遊民進駐的痕跡，不然到時候不論是他帶團或朋友帶團，都會有點困擾。

他繞完一到三樓，繼續進攻四樓，這裡的掛牌倒是還在，其中的116教室就是傳聞中女人上吊的地點。

和其他教室差不多，這間教室裡的桌椅都還在，只是上頭覆著厚厚的一層灰。倘若動靜稍大，很可能會讓灰塵漫天飄舞。

廖承彥一點都不想打噴嚏打個沒完，他放輕動作，躡手躡腳地踏進116教室裡，手電筒的光束隨著他的動作在黑黝黝的空間內晃動。

然後停住。

即使廖承彥不相信有鬼，膽子也大，然而當他瞧見這間教室竟然裝著一支吊扇後，思緒也忍不住空白了一瞬。

爲什麼偏偏只有這裡有？

明明下方樓層都沒有半支吊扇……

不，應該只是湊巧吧……廖承彥很快鎮定下來，教室裡有吊扇也不能證明什麼，更何況世上不可能有鬼的。

廖承彥盯著上方的吊扇好一會，內心有了一個主意。

若四樓只有這間教室有吊扇，就很適合來弄點小機關，爲參加夜遊的人製造刺激。

廖承彥拿出相機拍了幾張照，打算回去後發給朋友，一起思考該怎麼嚇人，又不至於把人嚇到哭出來。

拍完照片，廖承彥轉身準備離開，可他邁出的腳步忽地像黏在地板上，怎樣也抬不起來。

一向自認天不怕、地不怕的男人，在這一刻僵住了身體，頸後寒毛控制不住地豎起。一股顫慄從背後快速竄上，簡直像有條冰冷滑溜的蛇爬過他的皮膚。

廖承彥從眼角餘光看到了……

白色。

一條白色的影子垂在他臉邊，似乎只要再一丁點距離，就會碰觸到他的臉頰。

而那抹白影的形狀，就好像……一條腿。

廖承彥的心跳差點停了好幾拍，他的眼珠子拚命往左邊轉動，試圖把那抹白色形影看得更清楚一些。

可就算用力到眼睛都痛了，還是沒辦法看見更多。

廖承彥呑嚥著口水，還能聽到自己喉頭發出好大一聲咕嘟聲，他的頭慢慢地往上抬轉，接著……

慘叫聲從他喉嚨裡霍地爆發出來。

「啊啊啊啊啊啊啊啊啊啊！」

一個白色人形正從吊扇垂吊下來。

在此之前，這間教室裡分明什麼都沒有！

過大的驚嚇讓廖承彥一時腿軟，跌坐在地板上。他的大動作讓地面上的灰塵漫天飛起，鑽進喉嚨裡，成爲一股揮之不去的癢意。

廖承彥狼狽地瘋狂咳嗽，淚水控制不住地溢出。他的眼白布滿血絲，瞳孔裡清晰地倒映著一條搖搖晃晃的白色人影。

從頭到尾都是白色的，沒有其餘色彩。

廖承彥抹去模糊視野的淚水，終於再次確認那是個白色的人形物體，而不是他想像中的駭人女鬼。

他張著嘴，直到一絲癢意又衝上來，讓他劇烈地咳了幾聲，才像是從定身狀態中解除。

「差……差點嚇死我了！」廖承彥放大音量，像是要給自己壯膽，「肯定是劉吉那個王八蛋！」

廖承彥唸唸有詞，將委託他過來場勘的團主罵個狗血淋頭。

很顯然，對方是故意先設好機關嚇他的，說不定哪邊還藏著攝影機。

回去後絕對要揍那傢伙一頓，還要他請客！廖承彥拍拍心臟還在失速亂跳的胸口，總算是從恐懼中抽離出來。

他沒有發現到，教室門口有抹巨大影子正逐漸投映進來，越拉越長，直到將他整個人覆蓋住。

廖承彥的手往旁摸了摸，想把掉在腿邊的手電筒撿起來，卻不小心一個使勁，反倒將手電筒往後撥去。

他伸手向後探，摸到了一個硬硬的東西。

不是手電筒。

因為他已經扭過頭，看見手電筒在他的手掌旁邊。

而此刻他掌心下碰觸的物體，堅硬、帶刺，還有點扎人的硬毛。

往上看是……

廖承彥肝膽俱裂，尖叫聲這次卻像被絞緊在喉嚨裡。他張大著嘴，卻只能發出「嗬嗬」的虛弱聲音，像是管子破了洞，不斷地漏風。

失去意識之前，他看到許多紅色的眼睛同時亮起。

第一章

週三晚間九點半，公車上塞滿著剛從補習班下課的學生。

他們穿著各自的校服，在車上吵吵嚷嚷，就好像一大群有著不同色彩羽毛的小鳥，關在鐵籠子裡吵個不停。

坐在倒數第二排的兩名高中生也聊得正歡。

他們揹著書包，穿著繁星高中的紫色制服。但和其他剛從補習班脫離苦海的學生不同，他們倆是去唱完歌，準備搭車回家。神色雖有幾分疲憊，但眼中的光芒依舊閃閃發亮，沒有遭受到各種習題講義的摧殘。

坐在靠窗位子的鬈髮男生正說到了「瑪莉的電話」，他臉蛋稚氣，要不是穿著高中制服，看來就是個國中生。

此時那雙圓圓的大眼睛亮得像有許多星星跌入一樣。

讓這個男生的同學來說，就是亮到太刺眼啦。

不過他也知道柯維安就是這樣，只要一談到最喜歡的不可思議事件，整個人就會嗨到不行。

「『瑪莉的電話』是有名的都市傳說，你有聽過嗎？」柯維安興致勃勃地問著，沒注意到旁邊走道的幾個學生忍不住豎起耳朵聽。

柯維安的同學搖搖頭，「所以是一個叫瑪莉的人，然後她有個電話？」

「當然不是！」柯維安眉飛色舞地說道，開始鉅細靡遺地將「瑪莉的電話」這個故事說了一遍。

據傳有個洋娃娃被主人取名為瑪莉，但主人長大後，覺得自己不再需要這麼一個老舊的娃娃了，便生起將它丟棄的念頭。

主人將瑪莉打包進垃圾袋，丟進垃圾車裡，這件事很快就被她忘記。

但沒想到就在某一天的半夜，主人突然接到了一通電話，打電話的人是個小女孩，她說：喂喂，我是瑪莉，我現在要去找妳了。

柯維安抑揚頓挫的聲調拿捏得恰當，語氣注滿感情，使得站在他們座位旁的更多學生不由自主地豎耳傾聽。

不知不覺，吵嚷的人聲比先前小了不少。

主人以爲這是惡作劇電話，掛斷後沒有放在心上，可是過沒多久，電話再次響起。

這次依然是小女孩的聲音，她說：喂喂，我是瑪莉，我現在在××路上了。

主人一愣，自己家不就是在××路上嗎？她開始感覺有點坐立不安，而當她想起自己丟棄的洋娃娃也叫作瑪莉之後，這份不安立即升到最高。

第三通電話很快響了，主人還是下意識地接起，或許她想證明是不是有誰在故意對她惡作劇。

然後是第四通、第五通……

每一通電話的開頭都相同，唯獨報出來的位置不一樣。

主人臉色越來越蒼白，恐懼漸漸佔據她的心頭，瑪莉的位置離她家越來越近，都已經進來這棟大樓了。

隨著刺耳的電話鈴聲再次撕裂客廳的寂靜，主人的心幾乎要跳出喉頭，她戰戰兢兢地接起電話，聽見小女孩開心地對她說：

「喂喂，我是瑪莉，我來找妳了，我現在就在……」柯維安捏著嗓子，模仿小孩子的語氣，正要說出一票學生們屏息以待的答案之際，另一道聲音猝不及防地冒出。

「啊啊啊啊啊啊——」

少女的尖叫嚇得不少人抽了一大口氣，人群中迅速引起一陣騷動，慌慌張張地查看左右，想找出這陣尖叫的來源。

柯維安自己也被嚇了一跳，但他隨即反應過來，連忙伸手往口袋內一探，掏出了那支正在「啊啊啊啊」叫的手機。

柯維安一接起電話，少女的尖叫也隨之消失。

原來那是他的手機鈴聲。

「喂喂？妳已經到了嗎？我……」柯維安轉頭看了眼窗外，「啊，我也快到了，晚點跟妳會合，掰啦。」

一等柯維安掛掉電話，他同學立刻猛力拍打他手臂幾下，「靠！手機鈴聲什麼時候換的？差點嚇到我心臟病發！」

同學的抱怨無疑道出所有聽者的心聲，他們故事聽得興起，誰知會突然爆出尖叫，讓他們的心臟也差點停跳好幾拍。

「昨天換的囉。」柯維安笑嘻嘻地說。眼看自己要下車的站就要到了，他眼明手快地往下車鈴一按，「讓我過去，我要下車了。」

「啊？喔……」同學乖乖地側開身子，在柯維安準備往車門處擠的時候又急急扯住他的書包，「等等，那個瑪莉最後是說什麼啊？」

「你猜？自己上網查吧。」柯維安狡黠一笑，憑著自己瘦小的身材，靈敏地從人群中擠下了車。

柯維安下站的地方是一個交叉路口附近，大路旁分岔出多條巷弄。他沒有朝明亮的方向走，反而轉身走進了稍嫌陰暗的小路。

柯維安拿出手機，單手靈活地發送簡訊，沒一會便收到對方回應。看著螢幕上的訊息，他滿意地勾起微笑，一雙眼睛也笑得彎彎，像是今天夜空裡的弦月。

這地方離柯維安家其實還有大段距離，他會在這下車，也是爲了稍晚跟他的同伴會合。

柯維安慢悠悠地往前走，整條路上只有他一人。

小路旁邊緊鄰著一座三角小公園，公園裡沒有人，路燈也暗下，顯得一片幽沉。樹木和長椅在夜色塗抹下看不清輪廓，彷彿化成詭異的生物。

柯維安就好像散步一樣，慢慢地往前走著，絲毫沒有受到周圍怪異氣氛的影響。

驟然間，一道少女的尖叫劃開了夜氣，在無人的巷弄裡顯得格外淒厲。

柯維安雖然沒被自己的手機鈴聲嚇到，但也怕會引來路人，造成不必要的誤會。他趕緊把手機調成震動，這才仔細看向螢幕。

上面顯示的是未知號碼。

柯維安挑挑眉毛，毫不猶豫地按下接聽，話筒裡先是傳來一陣沙沙沙的聲響，像是收訊不好，接著稚嫩的小女生聲音響起。

「喂喂，我是瑪莉，我現在要過去找你了喔。」

如果隻身一人走在昏暗的道路上，周邊沒有人煙，還冷不防接到了只在都市傳說中才會出現的瑪莉的電話……

一般人很可能會心頭一跳，寒意一下竄至全身，頭皮像要炸開。

但柯維安不一樣。

他一向對超自然的事感興趣，在班上還是有名的不可思議狂熱者。即使不曉得手機另一端究竟是人或非人，他的眼睛已經亮起，笑容無法自抑地越擴越大。

「妳好啊瑪莉，妳現在在哪裡呢？」柯維安握著手機，格外熱情地反問道。

「咦？啊？」似乎沒想到柯維安會是這種態度，小女生來到嘴邊的話頓了一下，半晌後才順利擠出。

「我……我是瑪莉，我現在在〇〇公園旁邊了。」

那座公園正是不久前柯維安才經過的三角小公園。

柯維安停住步伐，轉過身，重新邁開大步，只不過這次他前進的方向赫然就是電話裡提到的公園那。

「〇〇公園？那是哪邊？我離那裡很遠耶，妳確定沒走錯路嗎？」柯維安故作困惑地說。

小女生顯然被問傻了，呃呃啊啊了半天，再也忍不住慌張地追問起這個應該被她嚇住的大男孩，「眞、眞的？你眞的不在那裡？那那那，那你在哪裡啊？」

柯維安沒有馬上回話，而是由走變成小跑步，再拔腿展開了衝刺。

晚風吹開了額前的髮絲，光潔的額頭上浮閃過一枚肖似第三隻眼的金色圖案，但轉眼又被垂下的髮絲蓋住。

得不到回應的小女生更著急了，「你怎麼不說話？你快告訴我啊！」

「妳別急，大哥哥正在找看看有沒有寫路名的牌子……」柯維安繼續矇騙電話裡的小女生，他已經看見三角小公園出現在眼前了。

藏在他額頭下的金耀花紋刹那間似乎變得更盛，讓他能敏銳察覺到一股異樣氣息。

柯維安就像獵犬鎖定了那抹氣味，腳下速度驟然再加快，不到片刻便抵達了三角小公園外圍。

他放輕步伐，明明這裡沒有路燈照明，四周的建築物燈光也稀少，視野該一片昏暗才對，可他卻能精準地辨認出公園內的物體輪廓。

「喂喂？你有聽見嗎？你現在到底在哪裡？你快說呀！不然我要怎麼去找你！」幼嫩的聲音從小公園裡飄出來，聽上去似乎急得快哭了。

「我在……」柯維安摀著手機，確保聲音不會飄得太遠。他掃過小公園一圈，很快就在溜滑梯前找到了他的目標。

一個小女孩背對著他，蹲在大象溜滑梯前面，尚未發覺與她通話的人正躡手躡腳地朝自己靠近。

晚間十點多，路燈熄滅的幽暗小公園裡，一名年幼小女孩竟孤伶伶地出現在這，身邊完全不見大人照護。

這場景怎麼看都透著一絲不尋常。

但柯維安好似一點也不在乎，也不覺得哪邊有異，臉上的笑容快藏不住興奮了。要是有第三人在場，恐怕會覺得這名逐步逼近小女生的高中生看起來反倒詭異。

「在哪？在哪？」小女生忙不迭拉高聲音問，依舊沒發現身後有道影子靠近。

「在……」柯維安摁斷手機的通訊，不再刻意壓低的輕快嗓音從小女生頭頂處落下，「妳後面呀！」

窩在溜滑梯的小巧身影一震，掉了手機，她像受驚兔子般飛快扭過頭，大睜的雙眸裡映出一張在手機冷光下顯得有些青白的臉。

「嗚哇啊啊啊啊！」小女生嚇得放聲大哭，頭頂上竟竄出一對人類不該有的毛茸茸兔耳，就連屁股後面也跑出了一球圓滾滾的雪白尾巴。

乍看下，就像一隻可憐兮兮的小兔子。

擁有兔耳兔尾的小女生被柯維安的出現嚇得淚水直流，像關不住的水龍頭。她也顧不得掉在地上的手機了，拔腿就想逃。

柯維安的動作比她快，長臂一伸，一把拎起了那隻小兔子。

雪兔妖哇哇哭喊，一雙小腿猛力踢蹬著，差點就要踢中柯維安的肚子。

「哇！別踢、別踢，也別哭，我可是好人！」柯維安趕忙安撫著，「神使公會聽過吧？我是公會的人，要送妳回家的。」

「神使……嗝，公會？」雪兔妖的哭聲驟然停歇，她睜著紅通通的眼睛，掙扎動作也緩下來了，「那個很多神使……也有很多妖怪跟人類的公會？」

「對對對。」柯維安揚起親切的笑臉，「聽說你們這些小妖怪之間最近在流行玩『瑪莉的電話』對吧，隨便嚇人不好喔，萬一把人類嚇出毛病可就麻煩了。」

「才沒有隨便嚇人……」雪兔妖的兩隻兔耳朵耷拉下來，她對戳著兩根食指，語氣有些委屈，「我們最後都會送花花或糖果給人類的。」

「在收到糖果或花之前，大部分的人類都快被你們嚇得半死了吧。」柯維安長長嘆一口氣，「好啦，去跟妳的小夥伴說，以後要是想玩瑪莉的電話，就儘管打給我吧。」

「打給大哥哥？」雪兔妖眨眨茫然的眼。

「啊，大哥哥三個字太好聽了……」柯維安忍不住陶醉幾秒，他放下雪兔妖，表面仍裝作若無其事，不讓人看穿他的手臂其實累到快抽筋了。

雪兔妖看起來小歸小，體重還眞是意外地沉。

當然，柯維安是不會把這個事實說出來的，小朋友的心靈可得好好呵護才行。

「沒錯，就是我。」柯維安拍拍胸膛，「只要有十歲以下外表的都歡迎打過來，三歲以下更棒。當然，超過十歲以上的就別找我了。」

「等等，爲什麼要有年齡限制？」雪兔妖外表看著小，年紀在他們族裡也的確是幼崽，但換作人類標準的話，起碼也活了十幾年。她警覺地看向柯維安，腳跟不住往後挪，「該不會、難道說……你是，你是那個柯什麼的……」

「柯……」柯維安歪歪頭，驀地驚喜地笑了，「難道妳聽過我的名字嗎？沒錯，我就是熱愛日行一善，專門扶小朋友過馬路，還會牽住他們手手以免他們迷路，雖然很愛不可思議，但更愛全世界小天使的……」

還沒等柯維安把自己名字報出來，雪兔妖已驚恐地蹦跳起來，還一腳用力踢上柯維安的小腿。

「啊！變態神使柯維安！」

「變、變態？太過分了吧，我明明就是紳士！啊好痛痛痛痛……」柯維安一邊抗議一邊抽氣，忍著痛緊追在雪兔妖身後。

他可要把人家小朋友送回家才行，不然放她一個人在夜晚街頭也太危險了。

要是雪兔妖能聽見柯維安的心聲，只怕會害怕地大叫他才是最危險的。

她曾聽大妖怪說過，神使公會裡都是好人，但一定要特別小心叫作柯維安的人物。

他最喜歡三歲以下的小孩子，會把人拐回家，還可能煮來吃！

太可怕了，神使公會爲什麼會有這麼恐怖的人！

「不要吃我！嗚哇哇，變態別吃我！」雪兔妖逃竄的速度極快，眼看一眨眼就要脫離柯維安視野之外。

柯維安心裡一急，但還沒等他做出下一步行動，前方的雪兔妖忽地凝止不動了。

柯維安立刻竊喜，以爲雪兔妖不跑是終於感受到他紳士的魅力。可當他跑過去一看，卻看見雪兔妖神情惶惶，豆大的淚珠從眼角處溢出。

「有有有有……有東西抓住我的腳……」雪兔妖細細的嗓音發顫，那提心吊膽的語氣聽得柯維安一顆心都要揪起來了。

柯維安低下頭，忍不住抽了口氣。怪不得雪兔妖會那麼害怕，撞進他眼中的赫然是一雙有著數十根手指的手。

而那雙令人本能感到怪異畏怕的手，此時正緊緊抓住了雪兔妖的腳。

柯維安快速一眼掃去，發現那雙手起碼有超過三十根以上的手指，它們密密簇擁在一起，看上去相當駭人。

而那雙手的主人只露出一點頭頂在地面上，其餘部位都埋在沙土以下。

柯維安看看自己手裡的手機，這個扔出去沒什麼殺傷力，再看看自己的書包，想到裡面還裝了自己的寶貝筆電。

柯維安咬咬牙，忍下心痛，迅雷不及掩耳地抓下書包，朝那顆腦袋猛力一砸。

一聲尖叫從地底下冒出，那雙抓著雪兔妖的古怪雙手也跟著鬆開。

柯維安趁機將雪兔妖一把拉至自己身邊，書包重新回到他的身上。

被砸到腦袋的妖怪憤而從地底下爬出來。

它的身高只和雪兔妖差不多，然而當它搖搖晃晃地直立起來後，柯維安震驚地發現到，對方像顆吹氣的氣球般，快速地膨脹起來。

一轉眼體積遠超過在場的一人一妖。

柯維安和雪兔妖反射性仰高頭，兩雙大睜的眼睛裡覆滿震驚。

那道像被一團團煙氣籠著、化成龐然大物的妖怪居然比路燈還要高。要是它一腳踢出來，輕易就能將他們踢飛出去。

雪兔妖似乎是第一次見到這種陣仗，嚇得瑟瑟發抖，兩隻兔耳朵緊貼著腦袋，身體也不由自主地想蜷縮成一顆球。

「到我後面躲好。」柯維安瞬間心疼萬分，飛快地從書包裡掏出筆電，螢幕一掀，立刻亮起冷白色的光芒。

同時也將柯維安青稚卻不見怯色的臉龐映亮。

黑漆漆的妖怪發出了接近「書──」的長音，雙臂舉高，無數手指在黑夜下蠕動，宛如盛綻的海葵。

「哇靠！」柯維安咂下舌，「你手指也太多了吧！但就算手指多也不能想抓人家小孩子啊！」

不明妖怪像是難以溝通，持續發出「書——」的長長音節，那聲音就像有誰噘著嘴，吹出綿長的氣流。

「要……書……」妖怪邁開腳步，身子一彎，手臂朝著柯維安身後的雪兔妖抓去。

「呀啊！」雪兔妖抱頭大叫，腦子一片空白，連逃跑都忘記了。

「這可不行！」柯維安靈活地一手撈起雪兔妖，側身一閃，躲過大妖怪的抓捕，將人一把塞進溜滑梯底下的洞穴內，讓她躲藏在裡面。

隨即他快速地敲打幾下鍵盤，再將五指探向筆電螢幕。

奇異的事發生了，本該堅硬的螢幕竟然如水面柔軟，讓柯維安的指尖連著手掌、手腕一下沒入。

同時成串金色字符飄了出來，轉瞬在空中連成一個大圓，圈納住整座三角小公園。

下一秒，隨著柯維安飛快抽出手臂，一枝巨大的毛筆一併從筆電螢幕裡脫出。筆尖吸滿著金艷的墨水，在黑夜裡成爲最耀眼的一抹光亮。

布置完不會受到無關人士打擾的結界，柯維安將筆電俐落塞回書包內，手持等身高的毛筆，衝著妖怪勾勾手指，露出挑釁的大大笑容。

「來啊，見不得人的醜八怪！今天我就要讓你知道一件事！」

躲在溜滑梯底下的雪兔妖還是抱著頭，但眼裡的畏怕不知不覺褪下。她張著嘴，目瞪口呆地看著氣勢一變的鬈髮少年。

看他手拿金耀毛筆，看他神采飛揚，隱隱的金紋在他額前髮絲下閃爍。

這一刻，雪兔妖眞正地體認到這個人……眞的是神使！

專門懲罰那些壞妖怪的神明使者！

「書——」外表一坨黑的妖怪依然吐著長長的音節，它似乎沒有意識過來下方的男孩究竟是什麼人，它只知道對方阻礙了自己，讓它沒辦法靠近心心念念的目標。

它又高喊了一聲「書」，腳下力道加重，地面傳來了震晃，那聲音傳進雪兔妖的心裡，令她忍不住又縮下肩膀。

「加、加油……」雪兔妖小小聲地說，接著鼓起勇氣放大音量，「柯維安加油！」

「可愛小天使在爲我打氣，我覺得我要暈了，太幸福了吧！」柯維安的臉頰染上興奮的紅暈，一雙眼亮若繁星。

當然暈是不可能暈的，他還準備在小蘿莉面前大展帥氣的一面呢！

至今仍讓人難以辨認完整樣貌的妖怪無法理解柯維安的心思，它像台笨重的坦克，朝著柯維安橫衝直撞過來，數量多得驚人的手指不停扭動，全都鎖定了柯維安的腦袋。

柯維安沒忘記自己撂下的話還沒說完，那絕對稱得上可以流傳千古的金科玉律。

「全世界的小天使——都是要好好愛護不准欺負的啊！」

伴隨著這鏗鏘有力的大喝，柯維安也動了。

他像道旋風主動逼向了妖怪，蘸滿金墨的筆尖跟著他的動作在半空拉出一條絢麗的金痕。

彷若金色的流星拖了一條長長的尾巴橫劃天際。

雪兔妖的雙手不自覺從頭上放下了，她改捧著臉，嘴巴張得更大，圓圓的大眼睛裡映出了夜色下的一幕。

鬈髮少年舞動著毛筆，艷麗的金墨揮灑在空中，有些沾到妖怪身上，讓它發出疼痛的大叫，有些落在草地上，讓草葉尖沾上星星點點的金光。

下一刹那，清亮的少年嗓音落下。

「腦袋該清醒一點了，否則你永遠認知不到小天使的可愛啦！」

那些散落的金芒頃刻間串連起來，成了大大的「醒」字，一口氣衝撞向妖怪軀體。

體型龐大的黑色妖怪就像遭到強勁的衝擊，重心頓時不穩，整具身體向後仰倒。

「砰」的一聲，後方的路燈被它撞得凹下。

面對公共設施被破壞，柯維安沒有流露慌張。現在是在神使結界內，一切毀壞都不會反映到現實的物體上。

等結界解除，三角小公園又會回復原來的模樣。

癱倒在路燈上的大妖怪吭哧吭哧地喘著氣，一動也不動，好似喪失了反擊能力。

沒一會，那道龐然身形猝然縮小，越縮越小，最後變成柯維安二人最初見到的矮小體型。

盤踞在它身上的煙氣也消失得無影無蹤，暴露出了它的眞正樣貌。

「咦？」柯維安訝異地往前走了幾步，瞧清妖怪面容後，終於從記憶裡翻找出對方的名字。

或者說這個妖怪族群的名字。

梳梳妖。

一確認妖怪的身分，柯維安登時解除了警報，手中的毛筆自動消散為光點。躲在溜滑梯底下的雪兔妖跟著探出頭，在發現那名意圖攻擊自己的妖怪原來是梳梳妖後，她緊貼著腦袋兩側的長耳不知不覺放鬆，重新回復直立狀態。

同樣身為妖怪，雪兔妖也聽過梳梳妖這一族，只不過是第一次碰見，先前也沒看清它的全貌，才會一時亂了陣腳。

嚴格來說，梳梳妖是種沒什麼傷害性的妖怪。

會發出「梳」的音，興趣是神出鬼沒地為中意的小孩子梳頭髮，非要將頭髮梳到散發出美麗的光澤才肯罷手。

倘若碰到有人阻撓，它通常會採取兩種行動。一種是利用障眼法將自己體型撐大，意圖嚇退妨礙者，但並不會真的做出實質性的害人舉動。

偏偏它這次踢到了鐵板，碰到不是普通人類的柯維安。

另一種則是直接撲到阻礙他的人身上，然後揪著人的頭髮氣憤吱吱叫。

不管如何，它對頭髮的執著確實是有些變態了。

柯維安二人遇上的這隻梳梳妖，從身高來看像是十歲小孩。但普通小孩絕不會有密密麻麻的手指，還有一顆土撥鼠似的腦袋，一雙幽綠眼睛正瞪著妨礙自己的鬈髮少年。

此刻它全身上下的力氣像被抽走，腦中急切的渴望也像被風吹散大半，它意識到面前的身影散發著和妖怪截然不同的氣味。

神明力量的味道……

「還給我……」就算腦子冷靜下來，梳梳妖還是忍不住發出了尖細哀怨的叫喊，「把有漂亮頭髮的小孩還給我……我要梳，我要梳，梳梳梳梳梳……」

「要梳之前得先問過人家吧。」柯維安朝梳梳妖搖搖手指，「你這樣不行，像我在抱小天使之前，都會親切溫柔地問對方，願不願意給帥氣溫柔的大葛格抱抱啊？」

「噫！好變態喔！」雪兔妖小臉皺成一團，同時隱約覺得自己好像忘記一件事，跟梳梳妖有關的。

到底是什麼?她絞盡腦汁拚命思索,倏地靈光一閃,從腦海中挖出了相關資料。

梳梳妖、梳梳妖……對了,它們總是兩隻一起行動!

現在只出現一隻,也就是說……

「還有一隻!還有一隻梳梳妖!」雪兔妖緊張地蹦跳起來。

「咦?什……」柯維安來不及把疑問說完,他面前的梳梳妖忽地又爆出一陣尖叫。

不同於先前梳的音節,這次粗嘎得像烏鴉啼叫。

如同在回應它的喊聲,三角小公園內猝不及防又冒出了一陣聲響。

「梳!梳梳梳梳——」

柯維安大驚,竟然又一隻梳梳妖從藏身的地底下竄出。它就像顆衝力十足的炮彈,目標鎖定了毫無防備的雪兔妖。

「我靠!」柯維安以最快速度擋在雪兔妖身前,但進一步的防禦卻是來不及了。

「不讓梳,氣氣氣氣氣!」外形像是土撥鼠的梳梳妖將柯維安視爲可惡的妨礙者,它沒有脹大身形,而是速度不減地撞上柯維安。

它抱上柯維安的胸,異常靈活地將他的身軀當成階梯,只要再兩秒,它的三十根手指就會全部揪住柯維安的頭髮。

柯維安變了臉色，他可是神使公會善良體貼熱情大方的美少年，濃密秀髮同時也是他的賣點。

他一點也不想被扯下頭髮變禿頭啊！

就在柯維安即將面臨可能的禿頭危機之際，說時遲、那時快，一道紫影如同一束飛馳的閃電，搶在梳梳妖出手之前橫擋在它與柯維安之間。

緊接著J字形的傘柄勾住了梳梳妖的脖子，快狠準地將它從柯維安身上拽扯下來。梳梳妖重重摔跌在地，跌得眼冒金星，一時分不清今夕是何夕。

雪兔妖被這突來的發展震住了，她目瞪口呆地看著突然出現在現場的第五道身影。

那名少女穿著淺紫色上衣、深紫色裙子，制服款式看起來與柯維安類似。一頭黑色長直髮滑順地披散在肩後，齊劉海下是一雙波瀾不驚的平靜黑眸。

她的膚色病弱蒼白，好似風一吹就會倒。可也就是這個人，方才出手擊倒了第二隻梳梳妖。

「小語！」柯維安鬆了一大口氣，「妳終於來了！再不來我的頭髮可能就要沒了！」

「還在，不怕……」秋冬語語調慢悠悠的，好像什麼時候都難以有顯著的起伏。她將手中的蕾絲洋傘轉換了一個方向，重新握住傘柄，傘尖直指著跌坐在地的梳梳妖，「再不離開，會把你……打飛出去喔。」

第二隻梳梳妖抱著腦袋抬起頭，小眼睛瞬時驟亮，熱情萬分地盯住秋冬語不放。就連第一隻倒在路燈下的梳梳妖，眼中也迸放出驚人的光采。

就算有夜色遮掩，它們還是一眼就能看得出來，少女的頭髮是萬中選一，是超級美麗的秀髮！

「梳梳！我要梳！」兩隻梳梳妖激動難耐地爬起來，雪兔妖已不是它們的目標。它們的手指蠢蠢欲動，下一秒再度像顆衝勁十足的炮彈飛出去，「讓我梳——」

「不要……拒絕，討厭。」秋冬語舉起了洋傘，那姿勢像握著球棒。

接著柯維安和雪兔妖就看見兩隻梳梳妖像顆棒球一前一後地被大力擊飛出去，在高空中拉出兩道漂亮的軌跡，立時消失在黑夜之中。

解決完兩隻梳梳妖，秋冬語的目光飄向了雪兔妖，「惡作劇不好，再惡作劇的話，就會碰到……小柯喔。」

這句威脅顯然比什麼都要有效。

雪兔妖驚恐地吸了口氣，一雙兔耳都被嚇直，「不不不，不會再惡作劇了，眞的！」

「太晚回家也不好……」秋冬語輕飄飄的嗓音如雪花輕盈落下，「不然也會再碰到小……」

最後的「柯」字還沒逸出淡色的嘴唇，雪兔妖已嚇得豎直耳朵，一個竄跳跑得無影無蹤了，快得讓柯維安連「妳的手機號碼還沒告訴我啊」都來不及說出口。

「眞是太過分了，說得我好像什麼毒蛇猛獸……」柯維安遺憾地看著空無一人的前方，伸出的手只得放下，「我明明就是紳士，我剛還英雄救蘿莉耶！」

「否定……是變態，老大說的。」秋冬語的話如同利箭毫不留情插進柯維安的心。

「可惡啊！老大又亂教……」柯維安摀著胸口，一臉憤憤，「虧我還那麼努力幫忙解決小妖怪沉迷打瑪莉的電話的亂象！」

「小柯，很棒……」秋冬語爲柯維安拍手鼓掌，但搭上她那張面無表情的臉，反而有種奇異的嘲諷感。

好在柯維安早習慣這位同伴的面癱了，他挺胸接受秋冬語的誇讚，覺得自己不只很棒，而是超級棒。

「啊，但是讓那個小朋友一個人……」

「外表小，年紀……比小柯大了，不用擔心。」

「好喔。既然總算解決完事情，那就該回去洗個澡睡覺了。」柯維安解除神使結界，讓小公園重回最初的狀態。他伸伸懶腰，揉揉發硬的肩頭，和秋冬語一起踏上返家的路途。

徒步回家還得要半個多小時。

要是按照平常，他們都會搭車到離家最近的一個路口再下車。但今晚情況特殊，他們收到了來自上面的交代，要給惡作劇的雪兔妖一點小小訓斥，讓她不要再亂打電話嚇到人。

柯維安的手機號碼就是刻意流給雪兔妖的，成功讓她自投羅網，只不過梳梳妖的出現還眞是一場意外。

幸好也順利解決了。

「瑪莉的電話啊……不知道最原始版本的瑪莉究竟是鬼還是妖怪呢？」柯維安發出

感慨，「這種猜不透的超自然果然很有趣啊。小語，妳說我們來弄個專門研究這些的社團怎樣？」

「會……找不到社員。」秋冬語一針見血地說。

「怎麼會？這麼有魅力的事耶，雖然比不上小天使有魅力……」柯維安摸著下巴，覺得自己的構想還不錯，也許可以找機會試試。

不知不覺中，柯維安和秋冬語走到了被學生們稱爲「補習街」的銀光街。

這裡補習班林立，大樓外牆掛滿了補習班招牌，前庭還插立著諸多關東旗。

將近晚上十一點，銀光街早就不見密集的學生人潮，只剩三三兩兩的人影還在路上逗留，與晚間的熱鬧形成了極大對比。

柯維安和秋冬語走進了一棟名爲「銀光大樓」的建築物裡，從外觀看，和其他的補習班大樓似乎沒有太大的不同。

然而這棟大樓還有個一般人類不爲所知的名稱——

神使公會。

第二章

神使公會。

這是一個專門集結各地神使之力，打擊爲惡妖怪的組織。

所謂的神使，指的就是與神明簽訂契約的人類。他們會獲得神明的部分力量，成爲祂在人間的使者。

神使的數量其實不多，畢竟神明也不是隨處可以遇見的。因此神使公會除了現役神使外，更多的組成人員是退休神使，以及喜歡人類、樂意與人類和平相處的妖怪。

他們協助公會運作，讓這個組織的勢力越來越龐大，也成了那些作惡妖怪極爲忌憚的存在。

但即使是身爲在妖怪間威名赫赫的神使，才高二生的柯維安也是要早起到校上課，還要面對一波波朝他無情淹來的考試之海。

柯維安差點覺得自己要溺死了。

隨著桌上試卷被收走，下課鐘聲響起，柯維安整個人頓如被霜打過的小草，有氣無力地趴倒在桌上。

班上的一個男同學走過來，在柯維安的桌子上敲了敲，「喂，柯維安。」

「死了，有事燒紙……」柯維安臉朝下，有氣無力地說。

「死了也趕快活過來。外面有人找你，就是你那位緋聞女朋友。」

「什麼？女朋友？我什麼時候有女朋友了我怎麼不知道！」柯維安嚇得彈起，扭頭就看見教室外佇立著一條醒目的人影。

站著不動時彷彿等身瓷偶的秋冬語正佇立窗邊。

「那是我好朋友、好麻吉，才不是什麼女朋友，別亂傳啦。不過要是有其他美少女想認識我的話千萬別客氣，儘管介紹給我。」柯維安揉揉臉，從座位起身迎向教室外邊的秋冬語。

秋冬語和柯維安都是繁星高中二年級的學生，只是前者在一班，後者在五班。

秋冬語來五班來得太頻繁，加上和柯維安的互動又看得出默契十足，所以五班的部分學生才會誤以為他們是男女朋友的關係。

「找我什麼事？」柯維安好奇地問著秋冬語，「忘記帶錢買午餐了嗎？」

「否定，今天午餐自備……」秋冬語小幅度地搖搖頭，「帶了十顆飯糰，可以分你二分之一……」

「哇喔！」柯維安發出一聲驚嘆。秋冬語胃口大得驚人，也相當護食，能讓她分出一半，可真是前所未有的待遇了。

柯維安正想客氣地拒絕，就聽見秋冬語終於把最後一個字吐出來。

「……顆。」

不是五顆，只是一顆的一半而已。

柯維安張開的嘴巴閉上。好喔，這很秋冬語的風格，是他想太美了。

「找你去辦公室。」秋冬語說出了此趟來意，「老師找我們過去，有事要說。」

「老師？哪個老師？等等……不會是那隻老狐狸吧。」柯維安五官皺成一團，心裡生起了抗拒，「感覺去了沒好事啊，我能不能……」

「不能……」秋冬語直接扣住柯維安的手腕，不由分說地把人拉著走。

柯維安沿路哀號，還試圖抱住走廊上的柱子充作反抗，他眞的不想去跟那位老師見面。

美少年的直覺告訴他，去了眞的沒好事啊！

面對柯維安的百般抵抗，秋冬語的應對很簡單，「那就……不拉小柯去。」

「眞的？」

「嗯，用公主抱……抱你去。」

「噫！拜託不要，請讓我自己走！」

柯維安一秒屈服，他實在不想因此成爲全校注目的焦點。

柯維安他們要去的國文科辦公室在和平樓三樓，與下課時人聲鼎沸的一般教學大樓不同，這裡顯得安靜許多。

辦公室裡坐著好幾位老師，有的看報，有的喝茶聊天，有的埋頭處理公事，也有人認出了踏入室內的兩位學生。

「維安、冬語，又來找你們安老師啦？」戴著眼鏡的男老師放下茶杯，笑咪咪地說，「他好像還沒回來，你們先到他位子那邊等一下吧。」

「謝謝老師。」柯維安擺出乖巧的模樣道謝，和秋冬語熟門熟路地來到了那位安老師的座位旁邊。

安老師的辦公桌在最旁邊靠窗的位置，桌上異常乾淨，幾乎空無一物，只疊了幾本書。柯維安都懷疑這人是不是根本沒在學校好好工作，在混水摸魚。

當然，他敢這麼想，嘴巴可不敢講。

「那個狐……」差點習慣性喊出對安老師的稱呼，柯維安趕忙把後面幾個字吞回去，否則要是被其他老師聽到，很可能少不了一頓責備，內容不外乎是關於尊師重道之類的，「我還以為他人已經在，才叫我們過來的，結果自己卻不知道跑哪去了。」

「否定，在經過二班時被安老師叫住……他要我們先過來等他。」秋冬語慢吞吞地說道。

「他在二班還要多久啊？我的下課時間都快跟我說掰掰了。」柯維安站得無聊，整個人忍不住扭來扭去。他瞄瞄周圍，發現最近的一位女老師正好起身離開，頓時將主意打到安老師的桌子上。

他的手指在蠢蠢欲動，想要朝安老師桌上的書伸去。

「小語，幫我把風一下。我要看看這人到底有沒有好好工作，該不會把色色的小黃書都帶來學校了。」

「不。」秋冬語給出了一個字。

「別說不嘛，幫我一下。要是他偷渡小黃書過來的話，我就可以……」

「可以怎樣？」有人溫和地問。

「可以跟老大打小報……」柯維安的最後一個字驀地消音，他僵住身體，突然間不敢回過頭。

那道聲音可不是秋冬語能夠發出來的，而是屬於成年男性所有。

「維安，怎麼不繼續說下去了？」那人語氣更溫柔了。

「啊哈哈哈，你聽錯了……安老師你剛一定聽錯了，我什麼都沒說。」柯維安轉過身來，揚起了最可愛無害的笑臉。

如果他的眼神沒那麼心虛的話，說服力可能會強一點。

站在柯維安面前的是個修長如竹的黑髮男人，穿著格紋襯衫，戴著細框眼鏡。鏡片後的雙眸黑如夜，五官溫雅，嘴角似乎隨時噙掛著淡淡的笑意，給人如沐春風的感覺。

但柯維安是不會輕易被假象欺騙的，他太知道這名頂著國文老師頭銜、其實也是神使公會一員，還是身居副會長高位的男人，是多麼記仇又小心眼。

他背後講人壞話被抓到，起碼可以被安萬里這傢伙記住一個月！

至於副會長爲什麼會跑來學校當老師？原因也很簡單。

爲的就是要多關照一下這兩位未成年成員，避免他們在學校裡碰上什麼問題。

也可以說這位副會長很閒，才攬了這個類似保母的工作。

「如果你沒有話講的話，那麼老師先跟你講吧。」安萬里微微一笑，「昨天交來的考卷中，你的字實在不太符合高中生應有的標準，我會另外多加一份練字作業給你。」

「不！你不可以！」柯維安急得跳腳，「憑啥你可以隨便亂加作業！」

「憑我……」安萬里意味深長地拉長話語，「是你的國文老師。」

柯維安找不到話反駁了，他用怨恨的眼神瞪向安萬里，後者只覺不痛不癢，反而還心情很好。

「好了，還有正事要說，我們去那裡面講吧。」安萬里指的裡面，是國文科辦公室內的一間小會議室。

通常是讓老師和學生使用的，主要是讓老師在將學生罵得狗血淋頭的時候，可以避免過多聲音外流，也讓學生保全一點面子。

安萬里將他們倆叫進去，當然不是爲了訓罵他們，而是接下來的話並不適合一般人聽見。

安萬里進去前不忘從自己桌上抽走一本書，他率先坐在沙發上，看著兩名坐在自己對面的學生，「先報告一下你們昨晚做了什麼事吧。」

「愛護幼小，主持正義！」柯維安馬上抬頭挺胸，對自己昨晚的行爲相當自豪，「不用特別誇獎我，這禮拜的零用錢翻倍就好，起碼五倍。」

「作業翻五倍倒是沒問題。」安萬里雙腿疊起，將帶進來的書本攤開，目光大部分時候都落在書裡，偶爾會分一點給面前的兩人，「維安，你確定沒說錯嗎？我怎麼聽說，有人把小朋友嚇哭，人家家長還打電話到神使公會投訴，希望有個叫柯維安的神使可以收斂一點呢。」

「誰？誰造謠我的？」柯維安大驚，差點從沙發上彈跳起來，「我明明是那麼正直正義正氣還正大光明的美少年，怎麼可以潑我髒水！不信你問小語！」

「肯定。小柯……」秋冬語坐姿端正，背脊直得像用尺量過，「把雪兔妖嚇跑了。」

「小語！」柯維安摀住胸口，沒想到會被同伴刺一刀，「妳太傷我的心了……」

「你傷心是你的事。」安萬里慢條斯理地翻著書頁，面上帶笑，可吐出的話語冷酷如寒冬霜雪，「下次再收到投訴，你不只要被扣零用錢，學校作業還會翻倍。」

「不——」柯維安擺出如同名畫〈吶喊〉的表情，「狐狸眼的你不行！」

「我行。」安萬里一錘定音，「我不只是你國文老師，還是你班導。」

媽的，幹！柯維安的內心有小人悲慟垂地，身為弱小學生的他完全沒辦法抵抗名為老師的邪惡勢力。

「小柯，節哀……」秋冬語拍拍柯維安的肩膀，「要是作業寫不完的話……」

「小語要幫我嗎？」柯維安馬上抬起頭，眼裡露出期待的光芒，卻只聽見秋冬語輕飄飄地落下一句話。

「不要睡覺……就可以了。」

柯維安眼中的光芒熄滅，整個人有氣無力地趴在沙發上，「不行了，需要有小天使的抱抱我才能起來……」

「那你就在這紮根生長吧，還能受到其他老師的關愛。」安萬里嘴角勾起，手指又翻動了一頁書頁，「雖然有些地方不可取，例如讓小朋友飽受驚嚇這部分，但整體來說你們做得不錯，所以公會決定再交給你們一項工作。過幾天有位客人要來繁星市玩幾天，你們年紀相近，應該會滿有話聊的，就由你們負責去招待吧。」

普通的客人不可能會特地要他們去招待……柯維安稍微抬起腦袋，露出一隻眼睛。

「不是人的那種客人？我這是單純敘述，沒有趁機罵人的意思。」

「啊。」安萬里輕輕頷首，「是妖怪，反正有消息就會通知你們。」

「不幹，我才不要！」柯維安飛快回絕，「既然我們昨天做得不錯，起碼要來個獎勵吧，你這分明是在奴役我們！」

「招待客人，全程可以報公費，就算住五星級飯店也沒問題。」安萬里毫不意外地見到柯維安的眼神越來越亮，「要是眞的不想去的話……」

「我去，請務必讓我去。」柯維安瞬間爲金錢屈服。全程報公帳，這聽起來簡直太爽了。

「那就沒其他事了，你們可以先回……等等。」安萬里喊住了準備走出小會議室的兩人，「維安留下，小語先回去吧。」

「為什麼又是我？」柯維安一臉不敢置信。

秋冬語則是沒有一點同伴愛地拋下了柯維安，穿著紫色系制服的她就像朵纖細空靈的花，輕盈地離開了國文科教師辦公室。

留下柯維安苦著一張臉，一副要上刑台模樣地跟在安萬里身後。

雖然不知道叫他留下為的是什麼，但絕不會是好事，柯維安敢用他們神使公會警衛部部長的頭髮來發誓。

事實證明柯維安的直覺沒錯。

安萬里將寫著柯維安名字的作文簿退貨至他眼前，「上禮拜交的作文，你得再重寫一篇新的給我。題目還記得嗎，就是『我的志向』。」

「嗯嗯嗯？」柯維安滿頭問號，那篇作文他自然沒忘記，他還記得自己發揮得很好，「哪裡有問題？我寫的超級正面，充滿正能量。未來想當幼兒園老師難道有哪邊不切題嗎？你不要故意找我碴啊，這樣會顯得你年紀特別大，心眼卻特別小。」

柯維安最後幾句音量壓得極低，以免被旁邊老師聽見。

安萬里眉梢一挑，將柯維安的這份挑釁記下了，「你想聽我說原因嗎？幼兒園老師沒什麼不好，問題出在你最後兩大段。」

「最後兩大段怎麼了？」柯維安還是不服氣。

「你不小心把內心的欲望全暴露出來了。沒有哪個老師會想看你多花五百字瘋狂誇獎三歲小朋友的手腳多可愛、臉頰多可愛、身上的肉有多可愛，又多想獲得他們的親親摸摸抱抱。」安萬里看著一臉「這樣不是很正常嗎」的鬈髮男孩，長長地嘆了口氣，「相信我，要是被別的老師看到，只會想要找你約談處理。太變態了，維安。」

柯維安被打擊得連退三步，感覺自己一顆心都要碎了。

喜歡全世界的小天使錯了嗎？小朋友就是那麼可愛他有什麼辦法。

他才不變態，變態的明明是這個不懂小天使可愛的世界！

對柯維安來說，打擊是痛苦的，但只要看了小天使的照片他就能迅速振作。一張不夠，那就兩張。兩張不夠，當然就是來更多張！

看完後柯維安就能宣告原地復活了。

靠著那些天眞無邪可愛的臉蛋，柯維安成功撐過了下午幾乎聽得他昏昏欲睡的課堂，終於等到了社團時間。

繁星高中沒有硬性規定每位學生都必須參加社團。

柯維安在升上高二後曾經想過要來創辦個小天使萬萬歲同好會，但還沒把申請單交出去，就被安萬里殘忍無情地打了回票。

當時的安萬里推推眼鏡，表示自己不想有一天得去警察局把他帶回來。

柯維安只覺無比冤枉，他是熱愛小蘿莉、小正太沒錯，但他那是一顆純潔沒有沾染任何欲望的心，別把他跟那些犯罪分子放在一起！

可無論如何，教師的身分就是壓他這個學生一大截。

失落之下的柯維安，決定當個瀟灑如風、不受任何束縛的自由人——也就是不參加任何社團。

不過不代表他不會跑去別人的社團教室蹭冷氣、蹭空間，甚至蹭電腦。

校刊社的社長毛小雅就很想對這個厚臉皮的同學翻起大大的白眼。

但看在他長得太可愛，容易激起人母性的份上，她還是決定原諒柯維安了。

反正校刊社一直以來社員都不多，到她接掌社長的這一屆，人數只剩小貓幾隻，來個柯維安還能增加點人氣。

起碼只要有他在的地方，就一定不無聊。

「自己找空位坐。」削著薄薄短髮，外貌看起來有點酷，和「文青」兩字很難沾上邊的毛小雅，朝不請自來的柯維安擺擺手，順便探頭往走廊看一眼，「只有你？一班的秋冬語沒來嗎？」

「小語跑去頂樓享受她的飯糰時間了。」柯維安簡直是把校刊社社辦當成自己的家一樣，毫不客氣地找了台空置的電腦使用，「她不喜歡被別人打擾。」

「也是啦。」毛小雅表示理解。自從見識過秋冬語獨自一人吃下七顆飯糰，她就忍不住一直想問對方的胃究竟是通往哪裡。

那是無底洞還是異次元空間，能吃下那麼多飯糰也太不科學了吧！

「嗨，維安。」

「又來了啊。」

「有帶伴手禮過來嗎？」

和柯維安熟悉的社員們陸陸續續來到社辦。

「又來打擾了，伴手禮沒有，不過下次我可以幫你們弄安老師的照片。」柯維安果斷地把安萬里給賣了。

雖然安萬里內在是個破幾百歲的老妖怪，但他的外表相當有欺騙性，尤其那份成熟知性，對高中女生特別有吸引力。

就算是毛小雅也抵擋不了安萬里的魅力，覺得安老師和學校的那群小屁孩比起來，眞的太帥了。

毛小雅還知道他們學校裡有人私下成立了安老師後援會，宗旨就是互相交換照片，守護最好的安老師，嚴禁爲安老師帶來麻煩。

等到校刊社的人都到齊，他們開始了討論，商量起這期的校刊要做什麼主題，是不是需要找其他社團一同協助。

柯維安則坐在角落玩著他的電腦，享用著學校的網路，在網上摸魚摸得特別快樂。

他先是上去幾個媽媽網站，那裡通常是大家曬小孩照片的天堂，再爬去常光臨的靈異論壇翻看裡面的討論帖。

有時候常人眼中看來的靈異事件，其實都跟妖怪脫離不了關係。

柯維安通常就是靠著這些小道消息，來查出是否有妖怪蓄意傷人的痕跡。

論壇最新的帖子是關於夜遊撞鬼，PO主講述自己參加夜遊似乎撞鬼了，地點是繁星市的某個廢棄校園。

底下不少人留言回應，有少數人附和，但更多人不相信原PO講的是眞的，只覺得又是創作文來騙注意力的。

柯維安看得津津有味，直到聽見了關鍵字眼，才將投入網路大海的心思猛地拽回。

廢墟、鬼故事……

組合起來就是他的愛啊。

而且地點聽起來跟他剛在論壇裡看見的帖子，眞像！

柯維安迫不及待地扭過頭，「什麼什麼？我剛好像聽到了鬼故事，一起分享一下啊，我超愛鬼故事的！」

「看吧，就說維安一定會轉過頭的。」副社長柳雲煙一副「我料事如神」的得意表情。她的名字文藝，但有著一身小麥色肌膚，濃眉大眼，比起校刊社，更給人運動社團的印象。

「我們都是這麼猜的，又不是只有妳猜對。」毛小雅撇撇嘴，示意眾人讓出一個位置，讓柯維安一起加入他們。

「你們開完會了？」柯維安拉開椅子坐下。

「十分鐘前就開完了。」毛小雅聳聳肩，扭開自己的礦泉水喝了幾口，潤潤先前說得乾啞的喉嚨，「現在是聊天時間。」

一票校刊社成員們連連點頭，很快又熱絡地說起方才的話題。

有關廢棄學校的鬼故事。

最開始提及這個鬼故事的人正是柳雲煙，她是從國中同學那邊聽來的。

「我同學的同學說，我們繁星市有一所廢棄學校，那裡半夜……有鬼。」

「妳這樣說太平淡了啦。」校刊社的美編立即吐槽，「換我換我，我也有聽過這個故事。是我堂妹的朋友的姊姊跟她說的，據說那個學校荒廢很多年了，在它成爲廢校之後，有一對情侶跑去那邊殉情。」

「然後男生落跑了，女生死掉了，女生就變成鬼了。」柳雲煙一搶著說完，馬上換來社員們的噓聲。

毛小雅按著額頭直嘆氣，「妳眞的還是別說了，好好的故事都被妳一句說死了。」

在毛小雅的命令下，柳雲煙只好閉起嘴巴，讓美編把後面的發展重新說一次。

「聽說那對情侶一直被家裡人阻撓，所以才決定找個無人打擾的地方殉情……」

在美編壓低聲音的同時，有人迅速跑去關燈、拉上窗簾，讓整間社辦變得一片昏暗，爲大家製造了更好的森幽氛圍。

「那個學校好像在山裡，草都長得比人高了，那對情侶在某天晚上偷偷溜進學校。他們以前是同所高中的同學，因此特地找了和當時班級一樣的教室，將那裡選作他們殉情的地點。可是沒想到男的居然臨時退縮，沒有跟著一起上吊，女的發現不對勁時也來不及了。」

「然後呢？然後呢？」

「然後她就懷著巨大怨恨，痛苦地死去了……偏偏他們選的地方太偏僻，男的也不敢跟別人講，一直到好幾個月後，才有遊民在那發現女人的屍體。之後那間學校就逐漸有了鬧鬼的傳聞，凡是去那邊夜遊試膽的人都很可能會看到一個女鬼，不停抓著自己脖子，然後……」

美編的音量壓到更低，讓人不由自主地屏氣凝神，想要捕捉最後的話語。

「問那個負心人到底在哪裡，是不是被你們藏起來了！」

美編大叫一聲，猛地打開手機的手電筒，冷白的光束從下巴照上她的臉。

幾個膽子小的女生瞬間被嚇得尖叫連連，社辦陷入短暫的恐慌。

還是毛小雅用最快速度跑去開燈，明亮的燈光一照下，總算讓社員們鎮定下來。

緊接著被嚇到的幾個女生怒氣沖沖地追打著美編，怪她說得太生動還故意嚇人。

「嘖嘖，你竟然沒被嚇到。」毛小雅看著一臉平靜、若有所思的柯維安，不由得有些失望。

她還以爲能看見這個可愛的同學被嚇得花容失色的樣子呢。

「這等級還太弱了。」柯維安不以爲然地說，「可能找幾個七孔流血的鬼到我眼前，我才會『哇』地嚇一跳吧。」

「噗，哪可能有鬼啦！」毛小雅是無鬼神論者，「喂，妳們幾個，別玩過頭，免得吵到其他社團的人，通通給我回來！」

美編最快竄回來，她躲到毛小雅身邊，就怕還有社員鍥而不捨地想要找她報復。

「鬼故事說太好也怪我，而且這也不是我掰的……要怪就怪故事的源頭才對吧。」美編縮著肩膀，一臉委屈地說。

「妳不要最後嚇人不就沒事了？」毛小雅就事論事地說，「自己欠打。維安，你幹嘛還一副思考人生大事的表情，那個故事給你什麼啓發了嗎？」

「啓發是沒有，不過……」柯維安也不賣關子，直接朝眾人招招手，要他們過來電腦前，看看那則還開著的靈異論壇帖子。

校刊社成員擠在一塊，飛快將帖子看完，嘴裡不禁發出了幾句感慨。

「眞的假的……」

「所以美編剛說的故事是眞的？」

「我不知道啊，我也只是從別人那聽來的……」

「社長，要不要我們乾脆改做靈異專題啊？」

「少來。」毛小雅俐落地打了回票，「當我們剛剛開會開假的喔，主題都訂好了。想玩這個的話，等下一期再來討論，不過嘛……」

毛小雅頓了頓，吊了下眾人的胃口。隨後才宣布決定。

「也不是不能搞個小專欄讓人分享自己的不可思議體驗，有人願意負責就行。」一聽到工作量可能增加，原本還興致勃勃的幾人立刻滅火，各自散開了。

「一群懶鬼。」毛小雅笑罵道，發現柯維安還杵在旁邊，臉上寫著「躍躍欲試」四個大字，她挑挑眉，狐疑地問道：「你該不會是想要……」

「有點想。」柯維安老實承認，「我對那個廢校鬼故事挺感興趣的，我想去找看看那幾個說見鬼的當事人，跟他們訪談一下。」

「行啊，要是你有問出什麼東西的話，我就替你弄個版面放上校刊。」毛小雅自己不信鬼神，但也不會否定別人的興趣。

「那就讓我借一下校刊社的名義啦。」這才是柯維安的重點，「掛個頭銜人家也比較相信我。」

「也可以。」毛小雅去抽屜裡翻找出一盒放了許久的名片，塞給柯維安，「這讓你用吧，以前印的社團名片……等等，這個剛好可以順便一起。」

毛小雅拿出自己錢包，從裡面抽出一張被摺得縐巴巴的紙，一併交給柯維安。

柯維安打開一看，發現是他們學校附近某間咖啡店的免費招待券。

「幫我把這張券用掉吧，免得浪費了。」毛小雅說。

「妳眞是天使啊，小雅。」柯維安雙手合十，對著毛小雅拜了拜，感謝她贊助這麼有用的東西。

有了這張招待券，他正好可以去把另一個幫手釣上來了！

第三章

柯維安和那位幫手約在後天中午，在繁星高中附近的東月咖啡店見面。

他進到咖啡店的時候，發現約的人已經在裡面了。

雖然店內坐滿客人，看過去到處都是黑壓壓的頭顱，但也正因爲這樣，才會讓柯維安一眼就找到他的目標。

沒辦法，誰讓那顆綠色的腦袋太顯眼了，簡直是一枝獨秀。

和店員說了一聲朋友在裡面後，柯維安直接走到那道綠髮身影所在的座位。對方完全沒注意到他的到來，就算他都落坐在對方對面也一樣。

「哈囉，惠窈。」柯維安伸手在那人面前揮了揮。

原先沉浸在菜單裡無法自拔的綠髮少女終於回過神，猛然抬起頭，露出一張白皙映麗的面容。

淡綠如春芽的綠髮讓她的膚色顯得更白，像細膩的上好瓷器，垂落在肩側的馬尾則挑染成一抹白。她的眉毛比大多女孩子還要英氣，一雙眼睛又圓又亮，淡紅色的嘴唇像剛綻放的玫瑰花瓣。

雖然才國中生模樣，但不難想像五官長開後會是多麼讓人驚艷。

惠窈眨眨眼，似乎還沒完全從琳瑯滿目的菜色名字中脫離，半晌後才給出了反應。

「嗨，學長……小語學姊呢？」惠窈放下菜單，抬頭東張西望，卻沒發現另一道熟悉身影。

「小語晚點到。」柯維安說。

「那太好了。」惠窈馬上露出安心的表情，「這樣我就可以點一大堆東西，再請學姊幫我吃完了！」

「等等，爲什麼就不找我幫你吃？」柯維安對此很有意見，「你這學弟很不尊重學長喔。」

沒錯，學弟。

惠窈看起來是美少女，可其實是一名穿著女裝的男孩子。

就柯維安所知，似乎是一位算命師多年前曾告訴惠窈父母，這孩子得當成女孩子養大，到大學畢業才能不用再穿裙子，這樣便可以躲開命中的一劫。

因此除非是在和惠窈熟識的人面前，否則柯維安對外還是會稱惠窈為學妹，讓人以為他是女孩子。

「學長你也可以吃啊，反正是你出錢請客。」惠窈再次低頭研究菜單，「不過你食量沒那麼大，肯定吃不完的，所以才要學姊幫忙嘛。」

「再等等，你到底想點多少？」柯維安忽然生起一絲不妙的預感，「我只說請你吃套餐吧。」

「我沒聽到，都叫我過來幫忙做事了，當然得讓我吃得盡興才行呀。」惠窈把看中的餐點記下，笑容滿面地再抬起頭，伸手招了一名店員過來，「不好意思，我要點餐，從這排到這排……還有這排，都要一份！」

「這些……都要來一份是嗎？」店員似乎也有些嚇到，「這樣量會有點太多喔，要不要……」

「沒關係，就要這麼多，麻煩妳了。」惠窈露出甜美的笑臉。

一等店員離開，柯維安再也按捺不住，身子湊向前，「靠靠靠，你還眞的點那麼多喔！」

「就是聽說這裡有好吃的我才過來，不然我才不當學長你的童工呢。」

「假如沒有呢？我是說看在學長學弟情的份上。」雖說早知道答案，柯維安還是忍不住問了。

「再見，不用聯絡了。」惠窈果斷地甩出回答，「我都不拿薪水，只要請我吃飯就可以，這麼便宜好用的童工很難找了耶。」

「最好是啦……」柯維安按著胸口倒向椅背，「你這吃錢鬼，你要把我這個月的零用錢都吃光了吧。」

「我才不吃錢，我只是吃東西比較花錢而已。」惠窈大言不慚地說，「要是眞把你吃窮的話，大不了叫我老爸替你做便當吧。」

「不不不！」柯維安身子頓時彈起，「我對惠先生的大叔愛心便當一點興趣也沒有，只要想到一個過保鮮期的傢伙爲我準備便當，我就渾身發癢！」

柯維安口中說的惠先生，就是惠窈的父親，同時也是神使公會的高層幹部之一。最近正因爲國二的兒子跑去染了一頭綠髮，懷疑他是不是進入叛逆期而苦惱不已。

這也是柯維安會找上惠窈當幫手的原因，雖然他年紀小，但可不是普通國中生。

要是讓惠窈聽見柯維安的內心話，他一定當場反駁：學長你看起來比我還臉嫩吧，要是我們站一起，別人說不定還以為我是哥哥……啊不，姊姊！

秋冬語到的時候，惠窈點的東西正好也送上來。

店員送餐速度很快，沒一會各式餐點陸續擺上柯維安幾人桌面。

好在他們坐的是四人桌，不然可能放不下那麼多食物。

看著桌上的美食越來越多，惠窈的眼睛也越來越亮。

他開心地拿起刀叉，眼中的光芒亮若星子，耀眼得就像柯維安看見三歲小朋友進入他的視野一樣。

惠窈生平沒什麼愛好，就是愛吃，對美食有著驚人的執念。

柯維安就曾目睹惠窈在得腸胃炎的時候，還意志堅定地非吃到燒肉不可——最後當然是被打回票，畢竟吃下去又是痛個沒完沒了了。

但讓惠窈扼腕的是，他有一顆大胃王的心，偏偏少了個大胃王的胃，所以他才需要秋冬語。

與纖細病弱的外表不同，秋冬語食量大得驚人，一餐吃上七、八顆飯糰對她來說只是小CASE。

如此一來，他就可以品嚐到多樣美食，又不用擔心浪費食物，完美！

唯一覺得不完美的，大概只有柯維安。

他掂掂自己的錢包，爲晚點要面臨的大瘦身心痛了好幾秒，緊接著也跟著投入大吃大喝的行列。

三人都不是吃飯時不說話的類型，他們都喜歡邊吃飯邊聊正事。

惠窈吸了一口冰涼的珍珠奶綠，「學長，我看完你昨天傳來的資料了，你是想去那間廢校嗎？那裡好像有點遠耶，公車到得了嗎？」

「放心，公車到得了，就是時間得抓準一點，錯過一班就得等一個半小時。」柯維安在桌面清出一點空間，將筆電放上去，點開了他連夜趕工整理出來的檔案。

惠窈盯著筆電螢幕，手上的叉子也沒停下，叉起一塊紅酒炙牛肉塞入嘴裡。

燉得軟爛的牛肉幾乎入口即化，美味的醬汁和肉本身的鮮甜融合在一起，讓惠窈忍不住露出了陶醉的表情。他嘴裡還在咀嚼，叉子已迫不及待地往下一塊牛肉叉去。

秋冬語目標單純，總之就是先進攻桌上的飯糰。只要是跟飯糰沾得上邊的料理，就都是她的囊中之物。

「哈囉，麻煩看一下這裡。」柯維安招回惠窈不小心又陷入美食中的注意力，要他認眞把螢幕上的圖文看進去，「從繁星高中搭車過去的話，可以直接到那間叫作旭日高中的學校，車程大約一個多小時。從那邊回來的末班車是晚上六點，只要抓好時間，來回應該是沒問題。」

「被說有鬼出現的是哪一棟大樓啊？」惠窈好奇地看著學校平面圖。

柯維安手指在幾棟建築物上點了點，「這裡、這裡、還有這裡……好幾個地方都有傳出。不過從論壇帖子的留言來看，主要還是集中在……這裡。」

惠窈見柯維安的指尖挪向了名爲「麗澤樓」的建築，在上頭點了點。

「這裡是最多人撞鬼的地方，我們就把這列爲優先查探的目標吧。」柯維安說，「沒有問題吧？」

秋冬語小幅度地搖搖頭。

「沒。」惠窈也爽快地說，「學長你敲好時間再跟我說，記得別撞到週三跟週四啊，我還要補習。唉唉，國中生眞辛苦，爲什麼一定得唸書考試呢？不能只是去學校吃營養午餐就好嗎？」

「這麼好的事都輪不到高中生了，你這國中生也想太美。」柯維安白了惠窈一眼。

「那當然是因爲我長得美，才能想得美。」惠窈倒是理直氣壯，還不忘把最後一塊炸雞翅撈起來，放到自己盤子準備慢慢享用，「那要什麼時候去？白天還晚上？這禮拜還下禮拜……唔不對，這禮拜就剩今天和明天，應該沒那麼快吧。」

「必須告訴你，就是那麼快。」柯維安瞄了一下筆電右下角顯示的時間，「距離我們用餐結束還有四十分鐘，長得美也想得美的惠窈學弟，待會就準備上工吧。」

「不是吧！」惠窈大吃一驚，拿起的炸雞都震驚得掉下盤子裡了，「這麼快？」

「吃飽了好做事啊。」外表可愛無害的學長終於露出險惡的笑容，「你以爲我會讓你吃飽喝足直接逃掉嗎？跟你說了，事事都別想得太美啊，我會奴役你到榨乾最後一絲力氣才放你走的，做好心理準備吧。」

「節哀……」秋冬語對恍惚的惠窈說，順便不客氣地將他最後一塊炸雞翅掠奪走。

等到惠窈再回過神，迎接他的只剩下眾多空盤空碗，以及慢條斯理擦著嘴巴、不聲不響將泰半食物清掃殆盡的秋冬語。

惠窈後知後覺地意識到一個事實——他幾乎沒吃到多少，這算哪門子的吃飽好做事啊！他其實是被拐了吧！

姑且不論惠窈有沒有被拐，但對柯維安而言，他付出不少金錢是事實，這令他心痛到難以呼吸，起碼要一個一歲小朋友的抱抱才能讓他心靈傷口復元。

可惜小朋友沒有，他身邊就只有一個高中生和一個國中生。雖不至於到超過保鮮期，可也不在他的好球帶範圍了。

總的來說，就是沒有半點治癒效果。

但心情鬱悶歸鬱悶，柯維安還是迅速地投入正事，帶著兩個沒有療癒效果的小夥伴一同搭上前往旭日高中的公車。

公車不疾不緩地向前駛，兩邊窗戶的景色也從熱鬧街景逐漸變得荒蕪，路上的人車和建築物都變少了，取而代之是大片山野。

淺綠翠綠疊映成一片，在明麗的日光照耀下像一幅濃厚油彩畫。

旭日高中就座落在這幅畫景當中，像是破壞完整的突兀存在。

「是那個吧，那邊就是旭日高中。」柯維安最先下了公車，他抬手遮在額前，擋著過亮的陽光，望著遠方像是學校建物的大樓群。

秋冬語撐開自己總是隨身攜帶的淡紫色洋傘，跟著望向前方。

「還眞的是有夠偏僻耶這裡……」惠窈打了一個呵欠，跟上柯維安二人的腳步，「光是通車就很累吧。」

「地點太遠也是招生不佳的原因之一啦。」柯維安來之前做了不少功課，「但主要還是升學率差跟少子化影響，後來才會撐不住關閉。我記得是在……七年前就廢校了吧，然後是在這一、兩年成爲熱門的試膽夜遊地點。」

「那個夜遊帖裡有好幾人說在旭日高中見鬼……學長，你覺得他們看到的是那個殉情自殺的女人嗎？」惠窈問道。

「首先，沒有殉情自殺這回事，起碼我查的資料沒有。」

柯維安從禮拜四開始就拉著秋冬語一起泡在市立圖書館翻找舊報紙，但完全沒有找到跟旭日高中有關的自殺案或命案。

他也沒忘記用關鍵字在網路上搜尋，不過得到的都是各種版本的旭日高中鬼故事。

既然在旭日高中沒發現屍體，那麼鬼是由殉情自殺女人所變的……就難以成立了。

「那幾個參加夜遊的人到底是看到什麼？」惠窈百思不得其解。

「不知道，這就是我們要去弄清楚的。」會讓柯維安對此事上心的原因還有一個，「在那則帖子裡，有不只一人留言說……好像還看到紅色的眼睛。」

惠窈聲音驟然揚高，「紅色的眼睛？」

這下惠窈總算明白柯維安爲什麼會如此在意這件事了。

紅眼，是某種妖怪的最大特徵。

它們存於人世間，但又不是眞實地存在，而是以一種虛無姿態隱匿在地底下。

它們會循著欲望的味道而來，有如鯊魚嗅到了血腥味。

一旦有任何生物心裡的欲望失衡，那滿溢出來的情感就會化成黑色的欲線，被它們一口咬住，進而呑噬欲線擁有者，入侵對方身體，操弄宿主爲惡，破壞傷害一切。

它們同時也被妖怪深深忌憚排斥，誰也不想淪爲它們的傀儡。

它們的名字是——

瘴。

瘴是神使最主要的敵人，它們不理會任何勸阻威嚇，它們的本能就是破壞跟傷害。只要欲望還存在，它們就不會有徹底消逝的一天。

身爲神使，柯維安自然肩負了消滅瘴的職責。

「對，紅色的眼睛。」柯維安重覆一遍，肯定惠窈沒有聽錯，「我有私信給那幾位說自己撞鬼的人，現在就等他們回覆我，看他們願不願意接受我的訪談。」

「訪談？你要用什麼名義呀？」

「校刊社！」柯維安咧嘴一笑，早就想好一切，「社長是我同學，她答應讓我借他們社團名義。要是眞的有問到什麼，還可以弄個小專欄讓我發揮，我就能趁機宣揚不可思議的美妙了！」

「幸好不是宣揚小朋友的美妙……」惠窈忍不住鬆口氣，「那我到時不用去吧。」

「想得美，你也得來，都吃了我那麼多東西了。」

「明明幾乎都是學姊吃的！」

「好吃……謝謝招待。」秋冬語面無表情地朝兩名同伴比出YA的手勢。

這一刻，柯維安和惠窈都感到了心痛。

啊啊啊我的錢！

啊啊啊我的美食！

心痛二人組的低落心情在來到旭日高中後，暫時被他們拋到了腦後。

旭日高中看著離公車站牌不遠，可實際走過去，還是得花上十幾分鐘。

柯維安幾人站在旭日高中的校門前，仰頭望著這個像被世界遺忘的廢墟。

關起的鐵柵門布滿鏽斑，上面纏繞著狂亂的枝蔓；門後是多棟接連在一起的大樓，斑剝的壁面上也被大量植物佔領。

大樓遠看彷如一個綠色的巨人，隨時會搖搖晃晃地活動身軀。

透過鐵柵門間的空隙可以看到校園內的草葉瘋長得誇張；隨處可見、但叫不出名字的植物像能把人淹沒到只能看見上半身。

「學長、學姊！」惠窈忽然喊了一聲，朝門前的秋冬語和柯維安揮揮手，「這邊！

這邊有小門，可以進去！」

大門再過去一點的確有扇小門，只是牆縫裡的綠植長得過於茂密，成了天然的屏障，才會讓柯維安完全忽略。

小門上的紅漆經過風吹日曬剝落大半，剩下的黯淡色彩和鏽蝕的金屬面構成像是鬼臉的圖案。

就如惠窈所說，這門的鎖頭早就遭到破壞，施力一推就能推開，讓外人順利進入。

走進這所廢棄多年的校園，如同走進一座水泥與植物共存的森林。

柯維安面露疑惑，「奇怪，怎麼沒看到警衛室？照理說不是該有一個嗎？」

「也許早就拆掉了？」惠窈胡亂猜測。

柯維安覺得不像，從地面痕跡和門旁的空間來看，更像是壓根沒有設立過警衛室。

這疑問在柯維安腦中轉過一圈，須臾就被他拋到一旁，他們還有更重要的事要做。

「這個，大家一人一張。」柯維安從背包裡拿出事先列印好的學校平面圖。

感謝萬能的網路，這些都可以輕易找到。

柯維安在紙上做了備註，寫清楚大家各自負責的範圍——這幾處都是夜遊帖裡被提及見到鬼的地方。

「我去一年級大樓，就是這上面的麗澤樓。惠窈去敬業樓，然後小語是愼思樓。有什麼問題就趕緊手機聯絡，發現異常也不准貿進。就算是發現小動物，像兔子啊蛇啊也一樣。」

「爲什麼說這句話時要盯著我？」惠窈不服。

「因爲你就幹過這樣的事。」柯維安直言不諱。

「我那是……」惠窈慢一拍地回憶起往事，音量變小幾分，隨後又轉爲理直氣壯，「但是兔子和蛇都好吃啊！不是有句話這麼說的嗎，兔兔那麼可愛，當然要吃兔兔啊！跟你說，烤兔肉和烤蛇肉都超棒，有活生生的大餐在我面前，我怎麼能放過！」

「你也知道那是活生生，那就讓牠們繼續活下去吧。」柯維安語重心長地拍著惠窈的肩膀，「我實在很怕哪天你誤吃了保育類動物，到時要被罰的。」

惠窈沉默，這種事還眞有可能會發生。通常想吃的念頭一上來，他往往就會不管不顧地向前衝了。

「好了，大家各自行動，一個小時再回到這裡集合。」柯維安宣布，「注意安全，不要輕舉妄動。雖然我知道大家可能聽聽就忘，但我覺得還是得說一次，一定要小心啊。就算眼前出現了絕世可愛的小蘿莉、小正太，也千萬不能……」

惠窈和秋冬語當機立斷地拔腿就走。

要是再讓柯維安說下去，只怕他就會不自覺嘮叨起小天使有多可愛多可愛，然後一發不可收拾。

眼看自己被毫不留情地拋下，柯維安遺憾地大嘆一口氣，他還有五百字小作文沒發表呢。接著他也邁出腳步，朝著右前方的麗澤樓大步走去。

第四章

雖說天色仍舊大亮，染著金黃的陽光也相當溫暖，落在葉子尖端像鍍上一層薄薄的金，給人明亮的感覺。然而走入大樓後，那份感覺就像被冷風吹散，丁點也不留下。大半陷入陰影的大樓內部即使白晝也籠罩著一股陰森。尤其是那些黑黝黝的角落，就好像躲藏著可怕的怪物，隨時會跳出來抓住入侵者的腳。

惠窈踏上階梯，站在半是陰影半是陽光、宛如被切割成兩個世界的走廊上，腳下是平滑的磨石子地板，灰色夾雜白色斑點的圖案一路往前延伸，直到沒入底端的幽暗。

走廊天花板盤踞著不少蛛絲，有的還張結成一張大網。左側牆面上半部塗成白色，下半部是藍綠色，假如它們沒有被大範圍的髒污佔領的話，或許顯得典雅清爽。

惠窈負責的區域是敬業樓，在平面圖上的備註是二年級大樓。只是本該標出班級的掛牌早就不在原位，讓人分不清這些教室是二年幾班。

惠窈看完一樓、二樓……目前尚一無所獲，也沒有感知到異樣氣息的存在。

他慢吞吞地走上三樓，邊走邊摸摸自己的肚子。他現在不只是後悔沒帶口罩了，還後悔沒帶點零食在身上。

唉，好想吃東西喔……

想吃好吃的東西……

小語學姊眞的太過分了，在咖啡店裡好歹也多留點吃的給我啊！

無奈當時被柯維安匆忙帶走，惠窈連買個儲備糧的時間都沒有，直接來到了旭日高中。

在這種前不著村、後不著店的地方，更別肖想能找到什麼好吃的。吃沙還差不多。

惠窈內心哀怨，只得想像著自己愛吃的各種美食，企圖達到望梅止渴的效果。

鹽酥雞、香雞排、炸銀絲卷、肉丸、滷味、蚵仔煎、棺材板、東山鴨頭、雞塊、薯條、漢堡、羊肉爐、三杯雞、珍珠奶茶、小芋圓奶茶、烏龍綠、多多綠、大腸包小腸、翡翠湯……

腦中剛浮現翠色中散著雪白吻仔魚的翡翠湯時，惠窈的步子驀地停了下來。他來到通往四樓的最後一級階梯，再往前就是四樓的範圍。

一股被窺探的感覺也在這一刻鮮明突出。

惠窈很肯定，有什麼藏在暗處看著他。

他不確定是人……或者是人以外的東西。

惠窈不動聲色地再往前走，繞出了樓梯間，進入了四樓走廊，打算靜觀那道視線的主人究竟想做什麼。

然而當惠窈一仰高頭，映入他眼中的數字讓他瞪大了眼睛，「靠喔！」

四樓有一間教室有掛牌。

116。

不管是哪一所學校，教室掛牌的第一個數字都呼應著年級。

換句話說，這裡根本不是二年級教室所在的敬業樓。

這裡居然是一年級教室的麗澤樓！

「學長那個豬頭，搞錯位置了啦……」惠窈大大地嘆口氣。

好在弄錯地點也沒什麼大問題，反正繼續查探就是。

順便觀察那個還躲著不露臉的偷窺者究竟想做什麼。

惠窈走進116教室，裡頭窗戶緊閉，玻璃沒有受到任何損壞，這也導致沉積在裡頭的霉味更重。

惠窈注意到這間教室和底下三個樓層不太一樣，它的天花板上嵌著一盞吊扇。

有關旭日高中的鬼故事在惠窈腦中復甦。

雖說各式版本不盡相同，但情侶跑來殉情，女方最後上吊，含恨而死都是共通的。

惠窈不自覺地仰頭盯著吊扇好一會。

明明一到三樓的教室都不曾裝有吊扇，偏偏四樓的教室內卻出現。

這是湊巧嗎？還是說……

綠髮少年似乎陷入了思索，毫無防備地背對著教室門口，渾然不覺有道陰影正逼近自己身後。

眼看那陰影越來越近，已經來到了惠窈頭頂。只要再那麼一會，他就會被那道陰影兜籠住。

從暗處現身的那道身影也是這麼想的，他以爲自己一定能將目標網羅其中。卻沒想到，當他手裡緊握的那個大網子就要蓋住惠窈腦袋的剎那間——

他的面前突然空無一人。

「什麼!?」那人不自覺發出錯愕的高嚷，差不多有等身高的大網子頓時也跟著撲了空，只撈到一室空氣。

他不敢置信地揉揉眼，想確認自己是不是眼花。而隨著他的手掌挪開眼前，他看到以爲不見蹤影的綠髮少女重新出現在自己的視野內。

「總算出現了啊。」惠窈好整以暇地站在桌椅堆成的小山上，由上俯視闖入教室中的不明人物。

那人罩著一件隨處可見的黃色塑膠雨衣，帽子拉起，蓋住大半張臉，從體格看應該是個虎背熊腰的彪形大漢。

在這樣乾爽的天氣，在這座落郊野的廢棄學校中，這打扮落在他人眼中，容易讓人反射性爲對方貼上「可疑人士」或是「變態」的標籤。

惠窈爲對方貼上的標籤則是——妖怪。

即使看不見完整容貌，但露出的部分臉孔上全是毛茸茸一片，一看就知道並不是特意蓄鬚，而是屬於動物般的黑色硬毛。

更不用說對方身上還纏繞著淡淡的妖氣，無一不是說明了他的身分不是人類。

「只要妳乖乖的，就不會受到什麼傷害……」雨衣男握著大型撈網，步步逼向惠窈，「我只要妳睡一下，然後到那位大人面前待一會，妳就能安然無事地離開這裡。」

「你以爲我會說好嗎？」惠窈歪著頭，笑起來的他看上去更像個漂亮無害的女孩子，只不過從他嘴巴吐出的字句都像淬了毒液的箭頭，不客氣地直往雨衣男身上發射，「你長得高大，腦袋卻沒東西耶！你要不要塞回肚子裡再重新出生一遍啊？」

「妳乖乖的……」雨衣男彷彿聽不懂惠窈的嘲弄，「大人有交代，不能弄傷漂亮的女孩子……妳太好看了，大人一定會喜歡的。雖然大人說過要晚上才適合動手，可是妳那麼漂亮，大人會開心，開心就會放我回去……」

惠窈快速瞥了自己穿的裙子一眼，不意外會被錯認性別，但也讓他抓到幾個重點。幕後主使者的目標是漂亮女生，不知抓人的目的爲何，不過最後都會將人放回去。大多是讓自己手下在夜晚動手，但這地方平常根本不可能有人來，更別說是晚上。如此一來……會跑來這裡探險的夜遊團的確很符合條件了。

如果自己這時候裝柔弱主動讓人抓住的話，是不是可以直搗主使者的藏身之地呢？

這個念頭在惠窈心中轉了一圈就被他否決。

沒辦法，學長的交代還是得聽的，不然以後怎麼再從他那蹭吃蹭喝呢？

而雨衣男顯然在這短短的時間內就失了耐性，他二話不說地再次高舉撈網，快而有力地對準惠窈揮過去。

惠窈自然不會眞的乖乖任人捕捉，他身手敏捷地一閃，讓雨衣男再次撲了個空。

惠窈就像是靈活輕盈的蝴蝶，將拿著網子的雨衣男一再耍得團團轉，不時還會扔出問題，想趁機獲得更多線索。

「你們抓女孩子到底想幹嘛？」

「爲什麼要聽那個大人的話？」

「那位大人究竟是誰？」

「他是不是有著一雙紅眼睛？」

可惜雨衣男除了一開始有說幾句話外，後面對惠窈的試探都是一言不發，最多只發出了粗重如獸類的喘氣聲。

「啊，麻煩死了……」惠窈彈下舌頭，不想再跟這個大塊頭耗下去了。既然問不出來，那就先把人打昏，一把捆住再丟給學長姊他們處理吧！

趁著雨衣男被他戲耍得暈頭轉向，惠窈眼中的漆黑似液體般往外擴散出去，染黑了眼白的部分，瞳孔則成了怪異的蒼白。

只要看見惠窈的那雙眼睛，就能瞬間明白——他不可能是人類。

在無人瞧見的角度，惠窈攤開的掌心上竄出一道闃黑火焰。

黑焰飛速往桌下一劃，一隻桌腳的頂端立刻被吞沒，自然也與桌面底部脫離。

惠窈將桌腳充當武器，再回頭面向雨衣男時，眼中的異樣已消失無蹤，他看起來又像是美麗無害的少女了。

「來吧，我們速戰速決，我還想趕回去買個下午茶吃呢！」惠窈舔舔嘴唇，話聲剛落下，人已風馳電掣地衝出。

桌腳被他舞得虎虎生風，帶出尖利的氣流聲響。

他不只閃躲速度快，揍人的速度也很快。

比起使用還未能熟練操控的黑焰，他更喜歡手拿東西暴打敵人一頓。

邊緣帶著毛刺的桌腳俐落地往雨衣男身上猛砸，像是一番驟雨不留情落下。

雨衣男拿著撈網阻擋，然而他看中的獵物卻如同狡猾的魚，總是在他即將得逞時滑溜地避開，緊接著的是桌腳往他手、背、胸、腦袋一頓砸。

雨衣男感到越發焦躁，他磨著牙，身上的雨衣跟著越繃越緊，底下的肌肉線條以肉眼可見的速度急速膨脹。

下一刻，那件塑膠黃色雨衣再也負荷不了，發出了哀鳴，整件爆裂開來，明黃色的碎片飄落在地。

沒了雨衣遮擋，想要抓住惠窈的妖怪也露出他的真面目。

惠窈本來打算再衝上前，給雨衣男狠狠一擊的。也許會把人打出什麼毛病，但這也不能怪他對吧。

卻沒想到一切計畫都在雨衣男爆衣後，宣告終止。

惠窈雙腳生根，像被釘在原地。他瞠目結舌地看著面前的大塊頭，終於知道對方是什麼妖了。

熊妖。

一隻人立起來比他高大太多的黑熊。

就算他曾暗中肖想著蜜烤熊掌究竟是什麼滋味，也不至於喪心病狂到想對保育類動物下手。

……沒錯，保育類。

此刻攔在惠窈面前的熊妖全身漆黑，胸前有個太具有標誌性的白色彎月形。

惠窈不由得咬咬後槽牙，發現問題來了。

當你的敵人他媽的竟然是一頭瀕臨絕種的台灣黑熊時……打，還是不打？

此時的柯維安尚不知道自己弄錯了方向，走錯了大樓。

更不用說是察覺自己的小夥伴正陷入左右爲難。

頂著一頭鳥巢般亂髮、揹著包包的男孩走進了他以爲的一年級大樓內。

這棟大樓尚且完整，沒有遭到太多破壞。牆面、地面，包括林立在走廊間的柱子，都被大量雜亂無章的綠藤盤繞。

隨著柯維安走到陽光照不太進的地方，失去光芒後，那些藤蔓頓時像褪了一層亮色，變得晦暗濃綠，無形中增加暗處的詭異氣息。

柯維安不難想像，一旦這裡進入夜晚，氣氛會多麼鬼魅陰森。

怪不得有人願意跑來這裡試膽夜遊。

柯維安不疾不徐地往前走，額前有金黃色的紋路閃耀，瞬息間便勾勒出一抹肖似第三隻眼的圖案，只不過被他的劉海遮著，難以看得眞切。

藉由神使異於常人的好視力，柯維安不用特別拿出手電筒打光，就能把室內或樓梯下的幽暗角落看得清楚。

一樓是辦公室，室內的空氣被封閉在裡面久了，聞起來都有股疑似霉味的味道，除此之外沒有其他不尋常的氣味。

這裡說的不尋常，不是實質上的怪味，而是一種常人聞不到的味道。

——鬼味。

這算是柯維安的一項獨特能力了，他可以聞得出這裡有沒有鬼魂存在。

而到目前爲止，並沒有。

柯維安皺皺鼻子，忍住了想打噴嚏的衝動，加快腳步將一樓巡視完畢，三步併作兩步地上了二樓。

這次進入他視野內的是成排教室，只是通通少了掛牌，讓他分辨不出這到底是一年幾班。

不過柯維安來此的目的也不是爲了判斷這是幾班的教室，而是要確認此處有沒有留下任何瘴存在過的痕跡。

或者說瘴的宿主。

畢竟瘴這種妖怪，沒有寄附到生物體內，就無法在這個世界裡眞正實體化。

柯維安一邊仔細看過二樓每間教室，一邊回想自己在靈異論壇上收集到的線索。

聲稱見鬼的都是女孩子——倘若她們顯現出的性別沒有刻意作假的話。

而且都是在夜遊時碰到的，但還不知道她們參加的是不是同一個夜遊團。

她們沒詳細提到自己看見的鬼長怎樣，唯一講到的外表特徵只有「紅色眼睛」。

靠著這些爲數不多的訊息，柯維安只能推測瘴不是藏在夜遊團裡，就是藏在旭日高中。

「唉唉，希望她們能趕緊給我一個回應啊……」柯維安想到自己論壇裡仍空蕩蕩的收件匣，不由自主地吐出一口長長的氣。

只要那幾位當事人願意出面接受訪談，柯維安相信他們的尋瘴工作會更快有突破。

想著自己是不是晚點再發一封訊息給那幾個人，柯維安踏上通往三樓的階梯。他腳步不重，但過於靜謐的環境將那些啪噠啪噠聲放得格外響亮。

隱約中，似乎產生了有人跟著自己的錯覺。

即使知道自己身後沒有人，柯維安還是下意識地扭頭往後一看。

樓梯間一片空空蕩蕩，果然什麼也沒有。

柯維安鬆了口氣，但當他一來到三樓走廊，那口氣猛地又提了起來。

「靠靠靠，不是吧！」柯維安瞪圓了眼，整個人宛若炸毛的小動物，只差沒原地蹦跳起來。

三樓教室的掛牌猶然在各自原位，然而上面開頭的數字卻不是柯維安預期中的1。

赫然是2。

二年級大樓？那不就是惠窈負責的敬業樓嗎？為什麼會變成我在這？我不是應該待在麗澤樓裡面……

電光石火間，柯維安猛然醒悟到爲什麼他們進來時會沒看到警衛室了。

靠夭！打從一開始，他們進入的就是後門，而不是學校正門！

旭日高中的建築群是對稱的設計，加上長得太過茂密的野草遮擋了地面，蓋住了操場。

對這所學校不熟的柯維安自然容易搞混。

「惠窈那邊沒問題吧……」柯維安掏出手機，打算聯絡一下那位學弟。正當他要撥出號碼，一陣巨響突地傳進他的耳中。

柯維安心頭一震，反射性衝到走廊圍牆朝外探看，緊接著又聽到類似的聲響再度響起，聽起來就像是重物重重砸地的聲音。

還是從對面大樓傳來的。

那是……麗澤樓！惠窈現在就在那裡！

柯維安當初會將麗澤樓劃分爲自己負責的區域，就是因爲那地方被說是撞鬼最多次的，可沒想到卻讓惠窈陰錯陽差地走到那裡。

如今還發生了意外！

柯維安二話不說就準備從三樓圍牆翻下，可他半截身子剛撐起來，底下的一幕場景讓他當場瞠大了眼，容易被誤認爲是國中生的青稚臉蛋浮上震驚。

他看到兩個穿著藍色雨衣的人影，正扛著一個麻布袋從敬業樓下走過。

重點是那個麻布袋……袋口還露出了一雙細白的腳！

柯維安的頭皮差點炸了，他萬萬沒料到自己居然還能撞見綁架現場。

那是綁架吧？把人裝在麻布袋裡扛著走，還是出現在這個鳥不生蛋的廢棄學校裡，怎麼想都絕對不會是好事！

柯維安腦中不受控地跑過一堆社會新聞，他咬咬牙，立即打電話給秋冬語，語速飛快地交代事項。

「小語，惠窈那邊好像出事了，妳用最快速度趕過去，我去追另一組人。眞是救命啊，我好像要捲進什麼社會案件了……」

不等手機另一端的秋冬語多問，柯維安掛掉電話，毫不猶豫地縱身一躍。

三樓的高度對神使來說稱不上危險，柯維安像隻貓一樣無聲落地，一穩定身勢馬上拔腿急追在那兩個藍雨衣男後面。

柯維安只希望麻布袋裡的人沒有受到太嚴重的傷害，他能從前方兩個藍雨衣男的身上感知到淡淡妖氣，這說明了他們的身分是妖怪。

就是不知道這兩個妖怪究竟想要做什麼。

這一切是否又跟瘴有關？

爲了釐清事態，柯維安沒有冒險打草驚蛇，而是一路小心跟蹤，跟著那兩個妖怪來到了旭日高中的另一棟大樓。

在弄清自己搞錯正後門的方向後，柯維安立即判斷出那是位於正門右側的康樂館。

柯維安保持著一個不遠不近，但發生狀況時能一個箭步衝上救人的距離，看著妖怪們的身影消失在康樂館裡。

柯維安將自己現在所在地點發給秋冬語，腳下加快了速度，跑到康樂館大門旁，謹愼地藏著身影，探頭往內窺探。

康樂館實際上就是體育館，裡面空間極爲寬廣，屋頂呈挑高拱形，牆壁上方開了許多窗戶，讓陽光能充分照入。

只不過如今的康樂館裡早就不見原來的體育相關設備，地板散落不少垃圾，舞台上的布幕也變得殘破不堪。

柯維安看見那兩個妖怪扛著肉票往舞台方向走去，然後就消失不見了。

他大吃一驚，顧不得藏匿身形，急忙跑進康樂館裡，但同時也沒忘記將腳步聲放到最輕。

柯維安追到了舞台附近，依舊沒發現妖怪們的蹤影，他們簡直像平空蒸發一樣。

「怎麼會……」柯維安啞然，他在舞台上和舞台下搜索過一輪，連垂下的重重布幔都沒放過，還鑽進去裡面尋找。

但依然一無所獲。

柯維安深吸一口氣，讓自己冷靜下來。

人不可能突然不見，一定有什麼細節是他漏掉的，或者有什麼通道暗門是他沒發現的……

順著這個思路，柯維安在妖怪們消失的地方重新再檢查一次。這一次，他看得很仔細，連小角落都沒有放過。

最後還真的讓他找到線索了。

通往舞台的階梯下方殘留著幾枚印子，只是順著那些印子往前走，卻會撞上牆壁。

柯維安在那面畫著大片格紋的牆壁前停了下來，臉上浮起若有所思的神色。接著他伸手在壁面上摸索，摸出了隱藏在線條裡的縫隙。

原來牆壁上竟然還藏著一扇不顯眼的小門。

這下子，柯維安猜出妖怪們是怎麼「突然消失」的。

幸運的是，暗門沒有上鎖。柯維安輕易就將門打開，露出一條陰暗的通道，看樣子是直通舞台底下。

若不是柯維安發現暗門，還真猜不出來舞台下方赫然還藏著一個大空間。

柯維安迅速把自己目前的位置再發給秋冬語，隨後小心翼翼地走進了暗門裡面。

一走進暗門後的空間，柯維安險些憋不住噴嚏，裡頭的灰塵比預期的多，空氣又不流通，彷彿封閉了許久。

還好柯維安及時忍住了，他用手摀著口鼻，掏出手機往地面照光。

神使的視力雖然優於常人，但在這種沒有光源的地方，想要找出一些細節還是得靠照明輔助。

在手機光線的映照下，柯維安找到了留在地面的印子。

灰塵多得的確讓人感到不適，但同時也能讓人留下更多蛛絲馬跡。

那些印子讓柯維安確定自己沒找錯方向，他鬆口氣，快步往前，然後又碰到了一扇門。

柯維安試著轉動門把，門板沒有受到任何阻礙地向後滑動。顯然那兩個妖怪認爲這裡根本不會有其他人出現，壓根不用太過防備。

他稍微施力，讓門的縫隙越開越大，門後光線溢灑出來，跟著洩露的還有說話聲。

一道沙啞粗糙，一道尖尖細細，聽起來都是屬於男性所有。

「沒想到這種地方大白天的也會有那麼漂亮的人類過來。」

「眞的好漂亮啊，大人絕對會喜歡的！他心情一好，說不定就會讓我們回家了！」

「沒錯沒錯，被困在這個鬼地方，眞的是煩死了！」

「噓噓，你就不怕被聽見嗎？」

「那位大人又不在這裡，你怕什麼啊？」沙啞聲音的主人嘴巴這麼說，可音量不自覺地壓低不少。

指使他們的「那位大人」，對他們來說似乎是很可怕的人物。

柯維安豎耳傾聽，儘可能地收集情報，一手則悄無聲息地探進包包裡，抽出了自己的筆電。

門後的兩個妖怪絲毫不覺外面有人在偷聽，更別說是察覺到柯維安的小動作了。

柯維安打開筆電，輕輕地在鍵盤上敲打幾下，金澄色的字符轉眼從筆電中升起，飛散到空中。

在誰也沒有看見的狀況下，旭日高中周遭景象出現轉瞬即逝的疊影。

即使這座學校已經荒廢多年，但柯維安還記得這裡是有主的，不好隨意破壞。

有了神使結界，就能避免事物的損傷反映到現實裡。

門後的兩隻妖怪還在互吐苦水。

柯維安從他們的抱怨中，挑出幾條有用的情報。

像是他們本來都在夜晚行動，誰教這地方大白天幾乎不會有人來。他們挑選的目標都是漂亮年輕的女孩子，綁去給那位大人之後，沒多久又會把人放走。

但就連這兩隻妖怪似乎也不曉得那位大人究竟對女孩子做了什麼事，他們只是聽命行事而已。

後面就變成了毫無意義的碎唸。

柯維安覺得聽得差不多了，他將五指探進柔軟如水的筆電螢幕，抽出自己專用的神使武器。

巨大的毛筆被柯維安穩穩抓握在掌中，筆尖吸滿艷麗金燦的墨水。

照柯維安的計畫，他是打算在妖怪們還沒察覺到的時候，出其不意地發動攻擊。

但有句話是這麼說的，計畫總是趕不上變化。

如果要給那個變化一個稱呼——

就叫作，意外。

柯維安怎樣也沒想到，自己才剛踏出一個步伐，就不偏不倚踩到了他沒發現到的扁扁鋁箔包。

偏偏那個鋁箔包扁是扁了，卻還有一點氣。

因爲遍地沙土讓它不甚顯眼，才會讓注意力都放在門後的柯維安一腳踩上。

這一腳下去，瞬間發出了一個爆裂般的聲響。

雖說不是特別大聲，但在這處安靜的空間裡也足夠響亮，足以驚動穿著藍雨衣的妖怪們。

「誰！」沙啞聲音的主人馬上警覺大喊。

另一名妖怪雖沒發聲，可柯維安捕捉到一陣壓得細微的腳步聲正朝門外快速接近。

下一剎那，半掩的門被一把拉開，一雙熒黃色眼瞳與柯維安來個大眼瞪小眼。

「人類！」比柯維安高一顆頭的藍雨衣目露震驚，緊接著眼神轉為評估，彷彿在打量一件貨物，最末又轉為勢在必得。

柯維安頓時生起不祥的預感，下一秒他預感成真。

「這個長得……勉強好像也行，也許大人會喜歡。大花，快過來幫我抓住他！」藍雨衣妖怪的臉被拉起的帽子遮住大半，但還是能看清他嘴裡有一排尖銳牙齒。

「喂喂，什麼叫勉強也行？我怎麼看都是英俊瀟灑的美少年好嗎？」柯維安對那妖怪的措辭相當不滿，「不對，那個大人是誰？為什麼會想要抓我這種美少年？」

「你說的是這個人類？你眼睛不行了吧，小花。他看起來好矮，臉上還好多斑點，醜！」被喊作大花的另一個藍雨衣男很快現身，將柯維安從頭打量到腳，語氣裡是毫不掩飾的嫌棄，「而且他有種討厭的味道……」

比起吃驚這兩個妖怪原來叫大花、小花，柯維安更生氣的是他們竟然把他嫌得一文不值。

他的雀斑可是很多人誇獎過可愛的，一點都不醜！

「即使是像我這種愛好和平的美少年，也忍無可忍了！你們綁架無辜人質，還敢說我長得醜，我現在就要代替正義來懲罰你們！」不給妖怪倆反應的時間，柯維安提起毛筆，氣勢驚人地朝著他們一筆畫下。

璀璨金黃的墨水在藍色雨衣上留下鮮明的長長痕跡，然而妖怪們卻像是一點事也沒有。

大花、小花與柯維安對視幾秒，隨後亮出尖牙，發出咆哮，二話不說地朝對方發動攻擊。

他們速度飛快，像兩道旋風在柯維安周邊打轉，不時探出利爪朝他身上抓來。

要不是柯維安閃躲得快，上衣早就被扯得破破爛爛。

柯維安發現那兩個妖怪的爪子雖然尖銳，但似乎沒有傷人的意思，否則他恐怕早就見血了。

但是，爲什麼自己的墨水對他們沒有作用？

這疑問剛從腦海中閃現，柯維安就找到答案。他重重地彈了下舌，忍不住想咒罵自己的粗心大意。

靠，因爲畫在雨衣上啊！那雨衣又不是妖怪的身體，怪不得丁點反應都沒有。

柯維安察覺到這個事實的同時，妖怪倆已組成包圍網，將他堵在中間，進退兩難。

柯維安還眞沒料到，隨處可見的雨衣竟然有一天會成爲妖怪的防護盾牌，替他們擋住了墨水的攻擊。

「眞麻煩……」柯維安眼觀八方，隨時做好防禦的準備，腦中思路飛速轉動，想爲眼下僵持不下的局面找出突破點。

然而用不了多久，突破點自己出現了。

第五章

「學、長、你、在、哪、裡！」

熟悉的大叫聲冷不防砸進康樂館內，也一併傳入舞台下方的空間裡。

這個聲音……是惠窈！

聽見喊聲的兩名妖怪不由得一愣，他們沒想到這個人類還有同夥。他們對視一眼，轉瞬做出決定。

假如另一個人類也長得好看，就把他們倆一起打包，送到大人面前！

柯維安抓準妖怪分神的剎那，靈活脫出對方的包圍網，他拔腿就往來時的通道跑。

果然如他所料，妖怪們緊追而來。

「我在這裡——」柯維安扯著嗓子，在幽暗的通道內敏捷奔跑，身後是窮追不捨的妖怪。

他留意到兩妖怪在奔跑時幾近無聲，好似他們腳下裝了能夠消音的肉墊。

出口的亮光就在不遠處，柯維安加快速度，一頭栽進了光明。然後差點與準備衝進來的惠窈撞個正著。

倘若不是雙方反應極快，及時來個緊急煞車，依他們兩人的速度和衝力，只怕要撞得眼冒金星，一屁股向後跌。

「學長……你嚇死我了！」惠窈連拍著胸口，「我需要兩個巧克力甜甜圈來安撫我受創的心靈！」

「學長告訴你，作夢比較快。」捕捉到身後逼近的動靜，柯維安眼疾手快地抓住惠窈，靈敏地朝旁邊一閃。

大花揮出的爪子登時落了個空。

看見從暗門內跑出兩個藍雨衣男，惠窈吃驚地睜大眼，「怎又來兩個穿雨衣的？」

「又？」柯維安沒錯過這個字眼，「你剛也碰到？怎麼只有你一個？小語呢？」

「學姊叫我先過來，她負責留下善後，總不能將那個擺在那裡不管。」惠窈感慨地說，「畢竟是台灣黑熊嘛。」

柯維安懷疑自己聽錯了。

「啥？台灣黑熊？你被熊攻擊了？」柯維安只覺滿頭問號，「爲什麼台灣黑熊會跑來這間學校？」

「當然是因爲……」惠窈邊回答邊留神另外兩個妖怪的攻擊，他們的臉幾乎都被雨衣帽子遮住，只看得見黃澄澄像在發光的眼睛及嘴間露出的尖牙，「他就是台灣黑熊妖怪！」

「靠喔！還有這樣的！那這兩隻該不會也……」柯維安連忙看向大花跟小花，然後發現對方的全部心力不知何時全轉至惠窈身上。

自己這個一開始的目標，反而被對方丟到一旁去。

柯維安看看惠窈的臉，再摸摸自己的臉，突然感到有些不爽。

那兩個妖怪的大小眼也太明顯了吧，就算惠窈的確長得好看，但他也是溫柔善良還熱愛小天使的美少年啊！

大花、小花的確被惠窈的容貌吸引住了，這名綠髮少女怎麼看都非常符合那位大人的標準，絕對要把她綁回去！

大花喉頭滾出低低吼聲，瞳孔縮成針尖狀。他像動物般彎下身軀，四肢伏低，像道藍色的閃電要撲倒惠窈。

只不過他才剛躍至半空，一股突如其來的重力瞬間將他猛力扯下。

大花變了臉色，愕然扭頭向後望，頓見自己遍布著斑紋的雙腳被畫上了多抹金墨。

那一道道鮮艷的色彩彷彿化成鎖鍊，束縛了大花的行動。

「感謝你主動露出你的腳。」柯維安咧開狡獪的笑容，毛筆繼續乘勝追擊，流暢的金色筆畫頃刻間又落在大花的雙腿上，並且一路蔓延，在地面展開成爲一個「鎖」字。

「大花！」見自己同伴有難，小花停住攻勢，放棄惠窈，燃起怒焰的雙眼緊盯柯維安。他齜牙咧嘴，逸出危險的恫嚇吼聲，「你這個又矮又臭的小子，到底是什麼人！」

「說我矮就算了，這點我勉強認了……但說我臭是什麼意思！」柯維安一向自認脾氣好，但這兩個妖怪卻屢次踩到他的地雷。

「啊，是那個吧。」惠窈靠近柯維安身邊，和他咬著耳朵，「學長你現在有神使的味道，對妖怪來說可能有點嗆，畢竟妖通常不喜歡神的氣息嘛。」

換句話說，大花、小花或許還沒發現到柯維安是神使，但妖怪的本能讓他們直覺感到排斥和嫌惡。

小花弓起背，藍雨衣下的肌肉越來越鼓。他的身軀轉眼急速膨脹，被撐到極限的雨衣下一剎那爆裂，成爲大大小小的碎片。

惠窈鬆了一口氣，「啊，不是台灣黑熊……太好了！」

沒了雨衣的遮擋，小花暴露出了眞面目，赫然是一個貓首人身的妖怪。

他全身覆著灰褐爲主的短毛，上頭分布著形如錢幣的黑褐色斑塊，額頭與兩眼間有著顯著的黑白色條紋，耳朵輪廓則偏圓，像個圓角的三角形。

見狀，大花也想恢復原來的妖怪模樣，好掙脫那些古怪的金色紋路。然而即使他全身肌肉鼓到極限、都像座結實的小山了，卻依舊擺脫不了束縛。

「太好了，這隻也是貓妖！」惠窈瞧見大花的眞面目，心中大石徹底放下。

既然不是瀕危動物，就表示他們待會動手不用手下留情。

柯維安可沒有惠窈那般輕鬆，他先是盯著大花、小花眼部至額頭上的白紋好幾秒，再落到他們那一身錢幣狀的斑紋。

「我有不妙的預感……」柯維安喃喃地說。

「學長你說什麼？」惠窈困惑地扭過頭。

「幫我拖住十分鐘，我得查個東西。」

「咦？」

「拜託了！」柯維安沒多給解釋，他果斷將惠窈往前推出，毛筆往腋下一夾，獲得空檔的雙手飛速掏出筆電。

惠窈從眼角餘光瞧見柯維安抱著筆電直接在後頭坐下，他咂咂舌，不明白面前的兩頭貓妖有哪裡特別，讓柯維安連戰鬥都不顧了。

「真是的，學長你回去後一定得請我吃頓大餐才行……」惠窈吐出一口氣，把手指折得卡卡作響，眼裡映出神情猙獰的小花。

小花見惠窈手無寸鐵，又是個外表嬌弱的女孩子，壓根不把她放在眼裡。在他看來，他只要擺出凶狠的姿態，故作模樣地嚇嚇對方，就能讓對方嚇得花容失色，更可能還會哭哭啼啼地求他饒過自己。

比起那名綠髮少女，真正有威脅性的還是那個拿著大毛筆的鬈髮男孩。他聞起來像人類，但又多了一股討厭的氣味，還將大花弄得動彈不得。

小花眼冒凶光，決定用最快速度弄暈惠窈，再全力攻擊柯維安。他雙腳一施力，立刻像裝了彈簧般高高躍起，手指上的爪子同時變得越發鋒銳尖長，宛如閃亮的小刀。

面對疾速逼來的貓妖，惠窈神色不變。他掃了一圈周遭，確定沒有合適的物品可以拿來當武器後，他捏緊拳頭，下一秒也像條閃電般竄出。

那個速度放在人類或妖怪眼中都快得驚人，根本不是一般人可以做到。

小花眼中閃過震驚，急忙想要捕捉惠窈的身影。可沒想到他眼剛一眨，眼皮再掀開之際，眼前就已烙入一道影子。

再下一瞬，一陣疼痛從小花下巴處炸開。

他怎樣也沒想到，看似嬌嬌弱弱的綠髮少女一揮拳，居然含帶著驚人的威力，打得他差點向後翻倒。

小花費了一番力氣才穩住自己的身體，可雙腳仍不受控制地被逼得向後滑退數步。

這一幕落在大花眼中，換來他不敢置信的表情。

但他明明沒在惠窈身上聞到類似柯維安那股讓妖排斥的味道……照理說，對方應該就只是普通的人類。

可是爲什麼……爲什麼人類有辦法比小花動作還快，還能精準地一拳擊中小花？

「妳……妳該不會是……」大花運轉著腦子，驀地一個驚人的猜想讓他瞪圓了黃澄的眼睛，「狩妖士！」

狩妖士——顧名思義就是專門狩獵妖怪的人員。他們雖是人類，但擁有非比尋常的靈力，才能夠與妖怪抗衡。

「唔，不是呢。」惠窈歪歪頭，露出甜甜的笑，但不論是大花還是小花，都看見對方的瞳孔出現詭異的變化。

小花和大花面露震撼，甚至懷疑自己是不是產生幻覺了，否則怎會見到那名綠髮少女的眼睛，從原本的黝黑變成蒼白……

不對，說是蒼白也不全然正確。

惠窈還是揚著那抹甜美的笑容，可瞳孔深處的漆黑不停往外擴散，渲染了眼白。

那雙黑眼白瞳無疑說明了一個眞相。

惠窈，不是人類！

大花和小花就算世面見得不夠多，可也知道人類的眼睛不可能會出現這種異變。

電光石火間，一個最匪夷所思的眞相如閃電劈進兩妖的大腦。

小花連攻擊都忘了，他僵立原地，失聲吶喊，「妳是妖怪!?」

「答對啦！」惠窈抓握一下五指，重新捏緊拳頭，只不過這回他的手背上竄起一縷縷黑氣般的存在。

下一刹那，黑氣凝爲實體，化成古怪的黑色火焰。

「反正你們也不是保育類動物，打個半殘應該沒問題吧。唉，要是你們不是貓妖，是鹿妖就好了。我聽說鹿肉很好吃的，切一大塊下來，放到炭火上烤，然後不時刷上蜂蜜美酒跟各種香料水果一塊調配出的沾醬……」惠窈把自己說得都餓了，他吞吞口水，眼中燃起食欲的光輝，好似此刻站在他眼前的不是貓類妖怪，而是一塊已經完成炙烤的美味鹿肉。

小花背後竄上一絲涼意，令他難以自制地打了個哆嗦。

「妳明明是妖怪，爲什麼要幫那個人類攻擊我們！」小花強行壓下那股不適感，憤怒地衝著惠窈叫嚷，「妖怪不就該站在妖怪這邊的嗎！」

「你們長得醜，想得倒是挺美的。」惠窈朝著自己手上的黑焰輕吹了一口氣，火焰不但沒有減弱，反而壯大了威勢，一下就把他的拳頭完全包覆住，「我學長還會請我吃大餐，你們能幹嘛？光是站在那裡就醜到我的眼睛了。我數到三，你們要是乖乖把那位大人的身分和位置說出來，那我們可以用稍微文明的方式交流。如果不肯，那就只好用不文明的手段了。」

小花身上短毛豎起，像要炸成一顆大型毛球，他發出長長的一聲尖嘯，用行動表明了他們這方的態度。

——他們是不會說出那位大人的祕密的！

既然惠窈不是人類，而是妖怪，小花也不再手下留情。

他體內妖力暴漲，體型頓時暴增一圈，如同一隻巨大的貓獸人，拍出的肉掌快得只剩下殘影，眼看就要一掌拍上還在原地不動的惠窈。

惠窈腰一沉，擺出了類似馬步的姿勢，覆著黑焰的拳頭蓄勢待發，就等小花主動拉近與自己的距離。

肉掌伴隨著強勁的氣流呼嘯而至，在惠窈眼中越放越大——

說時遲、那時快，柯維安心急如焚的大叫劃破了康樂館。

「手下留情！那隻妖怪也不能打殘啊！」

「什——」這突來的阻止讓惠窈神情驟變，他咒罵了一聲髒話，反射性滅去手上冒出的黑焰。原先不動如山的身子瞬間閃晃，像隻飛燕竄上空中，讓小花揮下的肉掌拍了一個空。

康樂館的木頭地板頓時凹陷一大塊，眾多木板跟著凌亂翹起。

與此同時，柯維安一把抄起擱置腿邊的毛筆，迅雷不及掩耳地朝空中揮舞，耀眼金墨頃刻間揮灑出一個行雲流水的「封」字。

大大的金字往前一撞，像蓋印一樣覆在了小花胸前。

小花還沒反應過來，就覺身體像揹負了千斤重，一下子重重摔墜在地，四肢不聽使喚，只能像砧板上的肉任人宰割。

柯維安當然沒有要宰割的意思，否則他也不會叫惠窈收手了。

確保妖怪倆都失去行動力，他才收起自己的武器，抱著筆電往他們靠近。

「學長，怎麼回事？爲什麼不能動這兩隻？」惠窈百思不解地走過來，在他看來，這就是兩隻普通的貓妖，不值得柯維安大驚小怪。

「等等跟你解釋。」柯維安不想太快曝光，免得反被大花、小花利用，「你們叫大花跟小花吧，你們爲什麼要綁架人類？要你們做出這些事的那位大人又是誰？他的眼睛是不是紅色的？」

「你怎麼知道！」大花錯愕地脫口喊道。

柯維安神情嚴肅了幾分。

紅眼睛是瘴的最大特徵，這樣看來，讓人撞鬼的幕後黑手被瘴入侵的可能性又提高了不少。

「他在哪裡？你們爲何又要聽他的命令？」柯維安進一步逼問。

從兩隻妖怪先前的抱怨可以得知，他們也不是甘願爲「那位大人」做事的，更像是被掌握把柄或是遭受控制。

「不知道，不管你問什麼都是不知道！」大花死咬著不肯鬆口。

「喔？是嗎？但你們剛剛不是還在背後說那位大人的壞話？」柯維安挑高眉，「他把你們困在這裡，要你們替他做事，所以他平時是不會主動出面的囉？」

大花和小花一僵，沒想到自己私底下的埋怨會被這人類聽個正著。

柯維安心思飛快運轉，如果他們不是心甘情願，還對那位大人頗有怨言的話，照理說不可能在被抓後還願意為他死守祕密……

「該不會……你們不是不想說，而是不能對別人說？」柯維安從各種細節裡抽絲剝繭，提出了自己的猜測。

妖怪倆的臉色果然變了，這無疑證實了柯維安的推斷。

——他們不是不想說，而是無法對柯維安吐露實情。

「唔嗯嗯，原來是這樣啊……」惠窈恍然大悟地摸著下巴，「怪不得那隻熊也一直不肯說出真話，看樣子他身上也有某種限制吧。」

「你應該沒對他下手太重吧？」柯維安心頭一跳，就怕惠窈真的把保育類動物打出問題。

「沒有、沒有。」惠窈連忙搖頭，「我準備要把他打昏的時候，學姊正好來了。所以嚴格來說是學姊弄暈對方的，我猜她正在想辦法把那隻熊拖出來。」

「那就好……」柯維安提起的心立刻放下，他重新將注意力放回大花、小花身上，思索著該怎麼處理這兩隻妖怪。

假如想從他們口中挖出更多內幕，就只能想辦法解除幕後黑手對他們的控制手段。

「你們能用寫的透露嗎？」柯維安問。

或許是認清了自己成爲階下囚的事實，兩妖這次很乾脆地用猛烈搖頭來回答。

「那沒辦法了。」柯維安嘆口氣。

他的這個反應讓兩隻妖怪瞬間繃緊神經，眼裡流露恐慌，以爲對方終於要對他們下殺手了。

不過柯維安只是拍拍惠窈的肩膀，「去吧學弟，把他們都打暈，這個重要工作就交給你了。」

「你自己懶得動手就直說嘛。」惠窈嘴上嘀咕，行動上卻不馬虎，片刻間就讓兩隻妖怪失去意識，雙雙昏倒在地。

隨著大花、小花陷入昏睡，他們的外表也漸漸出現了變化。

原本壯碩的體格就像被戳破的氣球，開始迅速縮小，越縮越小……

在惠窈吃驚的注視下，大花和小花從先前的獸人姿態轉變成了單純獸類的模樣。

他們蜷縮著身體，雙眼緊閉，看起來就像是兩隻無害的灰褐色小貓咪。

惠窈嘖嘖稱奇地蹲下來，手指戳了戳他倆，「看他們長那樣子，沒想到原形還挺可愛的耶……學長，這是什麼品種的貓？看起來有點像路上常見的虎斑，不過花紋好像不太對……」

大花和小花毛皮上的花紋沒有太大變化，依然呈現錢幣般的斑點狀。額頭至眼部也分布著顯目的黑白條紋，偏圓的三角耳朵後面有明顯的白色斑塊。

「哪裡有點像，分明完全不對吧。幸好你剛沒真的打下去，不然問題就大了……」柯維安一臉沉痛地將筆電螢幕轉過來，讓惠窈看清他方才搜尋的資料。

惠窈目瞪口呆地看著網頁上顯現的多張圖片，再猛地看向地上的大花、小花。照片上的動物和大花、小花的原形一模一樣。

「石……」惠窈倒抽一口氣，「石石石虎⁉」

就算沒親眼看過野生石虎——不對，現在他倒是看見兩隻了——但惠窈也聽說過石虎和台灣黑熊一樣，都是瀕臨絕種的保育類動物。

惠窈不禁捏了一把冷汗，他要是把保育類動物打殘了，那真的可就麻煩大了。

「我的老天，那個瘴到底是怎麼選手下的？怎麼偏偏都選了這種本體是瀕危動物的妖怪……」惠窈忍不住叨唸起來。

「還不確定是不是瘴……雖然我覺得很大機率是啦。」柯維安將兩隻昏迷的石虎撈起來，塞到惠窈手中，「你在這裡等小語過來，我去裡面救人。」

「裡面？救人？救誰？」惠窈一頭霧水。秋冬語之前只叫他趕緊過來支援柯維安，沒有詳細說明這邊究竟發生了什麼事。

「那兩隻妖怪綁了一個人，我現在要去帶她出來。」柯維安拋下話，轉頭跑進暗門裡。

「這地方除了我們，居然還有別人喔……」惠窈還眞好奇是誰這麼有閒情逸致，在假日的時候跑來這個鳥不生蛋的荒涼廢墟。

他們三人是爲了查事情才過來，那個不明人士……難道說是廢墟愛好者嗎？

惠窈思考了幾秒就把這個疑惑扔到角落去，能在他腦海待上一分鐘以上的，除了身邊親友就是食物了。

其他東西對他來說皆是無關緊要。

「小柯呢？」

一道輕飄飄的女聲無預警在偌大的康樂館響起，還帶點幽幽的迴音，嚇得正背對大門的惠窈身子一震。

「小語學姊，妳嚇死我了……」惠窈一轉頭，映入眼中的赫然是秋冬語和她手中提拎的小黑熊，後者胸前的白色月牙紋路說明了他的身分。

「這該不會是之前那隻……」惠窈吃了一驚，抱著石虎快步迎上去，「原來他那麼小喔！」

「嗯……」秋冬語點點頭，目光落在惠窈臂彎中的兩隻小動物身上，「貓……你撿到的？」

「不是。」惠窈連忙否認，「這兩隻也是妖怪，現在恢復了原形。學姊妳說要怎麼處理他們啊？看學長的意思，好像是要帶回去……」

「沒錯，就是要帶回去！」柯維安的聲音冒出來。

惠窈和秋冬語一併望向聲音來源處，鬈髮男孩正好從舞台階梯旁的暗門鑽出。他氣喘吁吁，懷裡還抱著一名女孩子。

「累死我了……」柯維安往前走了幾步，像感到疲累般將懷中人放下，「今天的勞動量對我來說有點太多了……」

「明明力氣花得多的人是我吧。」惠窈走上前，好奇地打量柯維安救出來的人。這一看，他不禁露出驚訝，「這個，是美少女耶！」

不能怪惠窈會用如此驚奇的語氣說話，平常他看自己的臉看慣了，加上神使公會裡又有不少俊男美女，能讓他感到驚艷的人其實不多。

而眼下正昏迷不醒的少女，就連惠窈也不得不誇讚一聲美麗。

少女有著一頭柔順如絲綢的黃褐色髮絲，巴掌大的臉蛋膚白似雪，五官精緻，眼睫毛濃密得像兩把小扇子。她緊閉著眼，眉頭似乎感到不適地微微鎖著，那我見猶憐的姿態，讓人忍不住想多呵護幾分。

「長得這麼好看，怪不得會被這幾隻妖怪抓了……」惠窈想起熊妖那時也是盯上自己的美貌，「學長，現在要怎麼處理？」

「還能怎麼處理，當然是把人叫醒，問問她還記不記得發生什麼事。上吧，惠窈。」柯維安雙眼炯炯有神地盯住惠窈。

「什麼？怎麼又是我？我還抱著這兩隻耶。」惠窈把兩隻石虎舉高。

「因為我要打電話聯絡我們安老師，請他開車來載我們，不然你覺得帶著這三隻我們上得了公車嗎？小語。」

「是，我在……」

「那兩隻石虎也先拜託妳了，妳可以先把他們都帶到外面嗎？」

「了解……」秋冬語將拎住的小熊改成打橫抱起，再讓惠窈把兩隻石虎疊上來。

「每次都覺得學姊力氣眞大啊。」惠窈感慨地目送著秋冬語的背影離去，再低頭喚醒失去意識的美麗少女，「喂，醒醒，有聽到嗎？快醒醒。」

在惠窈的連聲呼喚和推晃下，少女原先垂掩的睫毛顫了顫，接著一聲細弱的呻吟從微張的嘴唇裡逸出。

見少女有轉醒的跡象，惠窈收回手，與柯維安一起靜待對方睜開眼睛。

用不了多久，躺在地板上的少女完全恢復了意識。她面露茫然地撐起身體，那一雙翦翦水瞳讓人見了幾乎要沉溺其中。

當她的視線恢復焦距，對上柯維安和惠窈的剎那間，她睜大了眼睛，眼裡是掩不住的困惑和愕然。

「你們是……我怎麼會在這？我……」

「妳還好嗎？」柯維安揚起純真可愛的笑臉，面不改色地編造出一串謊言，「我們是來這裡探險的，沒想到卻發現妳躺在這裡，妳還記得發生什麼事嗎？」

「我……」少女垂著眼，神情更顯脆弱無辜，「我也是來這探險的。我聽朋友說旭日高中是有名的廢墟，就想來這看看，順便拍拍照片。但中途不知道怎麼回事，突然失去意識了。」

「唔，那可眞奇怪，我們來時沒看到任何人……」柯維安像是深感疑惑地皺著眉。

「那，你們有碰到什麼不尋常的事嗎？」似乎是覺得自己這樣問太過突兀，少女又趕緊補上一句，「因爲我聽說這裡好像……有鬼。」

「沒有耶。」柯維安臉不紅、氣不喘地否認，「我們進來沒碰到什麼怪事。妳站得起來嗎？須不須要我們幫妳叫救護車？」

「不用了，我沒事……謝謝你們。」少女慢慢站起，朝柯維安他們露出淺淺的笑。

她這一笑，就如春天綻放的嬌妍花苞，「我自己可以的，我和人約好……」

少女看了下腕上手錶，又說道：「對方再一會就會過來校門附近接我。」

「這樣啊，那就好，不過我們還是陪妳一起到外面等吧。」保險起見，柯維安覺得還是再多陪這名少女一趟。

少女這次沒有拒絕。

柯維安傳了訊息給秋冬語，要她先到後門等安萬里開車過來，他和惠窈則先陪同少女前往正門。

接少女的人果然沒多久就到了，一輛黑色汽車停在不遠處，按了聲喇叭作爲提醒。

少女和柯維安二人道別，往前跑了幾步後又倏地停下。她轉過身，微微鞠躬，鄭重地再次向柯維安他們道謝。

「眞的很謝謝你們，我叫左柚，有機會再見了。」

左柚上車後，車子很快駛離，留下他們還站在原地。

「左右？這名字眞有趣呢！」柯維安驚奇地說。

「我覺得不是學長想的那個左邊右邊啦……女孩子的話，幼小的幼或柚子的柚比較有可能吧。」惠窈摸摸肚子，「肚子餓了，學長我想吃飯。」

「叫狐狸眼的請客。」柯維安果斷地幫安萬里做決定，「他是老師，請學生吃一頓也是應該的。」

「好耶，那我想吃牛排！」惠窈眼中放出光芒，迫不及待地與柯維安前往後門，等候安萬里開車過來接他們。

安萬里雖然已經知道柯維安他們在旭日高中碰到了一點小麻煩，但他可沒料到這個麻煩裡……還包含著所謂的保育類動物。

看著兩隻石虎和一隻台灣黑熊，安萬里忍不住揉揉額角，想長嘆一口氣了。

最後在他的安排下，這三隻妖怪被送至神使公會，由開發部負責解除他們身上的限制，早日從他們口中挖出有用消息。

而惠窈也成功地從安萬里那敲詐到一頓牛排大餐。

對於三名小輩，安萬里還是很大方的，最多只開出一個交換條件，要柯維安負責三天國文科辦公室的打掃工作。

對此柯維安只有一句話想說。

為什麼受傷的總是我？明明吃最多的是惠窈啊——

雖然被迫多了三天掃除工作，在旭日高中的查探也沒有突破，更沒找到痺存在過的妖氣，但靈異論壇那邊，柯維安倒是有了新的收穫。

他當初一一私訊過去的那些人當中，起碼有五位願意接受他的訪談，分享她們各自的撞鬼經驗。

「天啊學長……所以這就是你半夜打電話吵醒我的原因嗎？」惠窈連連打著呵欠，聲音帶著剛睡醒的朦朧，「這時間點你爲什麼還醒著……」

「嗯嗯嗯？這時間點不是正清醒，要起來嗨嗎？」柯維安精神奕奕地說著，「我才剛下完新一集的動畫，準備好好欣賞呢！」

「那是你，我都夢到我跌進鬆餅山裡面，準備大吃一頓了……」惠窈又打了一個長長的呵欠，有氣無力地說，「你傳訊息給我就好了嘛。」

「我高興跟你分享啊。」

「我覺得你是故意擾人清夢……好啦我知道了，明天，明天中午十一點半對吧。」

「沒錯，一樣東月咖啡店見。我有預感，這次肯定會得到有用的情報！」

第六章

在鬧鐘鈴聲響起之前，躺在床上縮著身體側睡的廖美葉就已經先被驚醒。

她猛地彈起身子，睜開的眼眸裡殘留著未褪的驚恐，身上的睡衣被冷汗浸濕了一小塊，胸腔內的心臟正在失速地狂跳著。

廖美葉大口大口地喘著氣，感覺心臟怦怦直跳，快得像是下一瞬會躍出她的嘴巴。

還沒等她從惡夢中回過神來，放在床邊矮櫃上的鬧鐘猝然作響，尖銳的聲響讓本就驚魂未定的她更是嚇得一震，驚叫聲從喉嚨竄了出來。

她縮著身子，半晌後總算意識到那是鬧鐘在叫，連忙用力按掉鬧鈴開關，房間內頓時只剩下她比平時還要粗重的呼吸聲。

好不容易等到心跳平復過來，廖美葉呻吟一聲，重新倒回床上。

又是那個惡夢……

她有些後悔自己之前去參加那個夜遊團了。

「啊啊……」廖美葉發出哀叫，不自覺揪扯著頭髮，「早知道就不去那個什麼旭日高中了，誰知道會發生那種事啊！」

廖美葉是個高三生，上上禮拜在同學的慫恿下，與對方一起在網路上報名了一個夜遊團，想要去尋找刺激，紓發壓力。

可沒想到同學當天臨時缺席，她急得打電話過去質問，卻聽到對方慘兮兮地說得了急性腸胃炎，已經和廁所作伴了一整天，眞的沒有多餘力氣出門。

同學都那麼慘了，廖美葉也不好再咄咄逼人，只好獨自前往集合地點，和夜遊團的其他人碰面。

那天參加的人加上帶團的團主，總共五人，三男兩女，年紀最小的是她，其他都是出社會的大人。

廖美葉當時有些緊張，畢竟人生地不熟的，而且入夜後的旭日高中看起來眞的太可怕，簡直像張牙舞爪的巨型怪物。

好在大家都對她滿關照的，讓她安心不少。原本她以爲這場夜遊會很順利，卻萬萬沒想到……

不行，別再想了！廖美葉強制中斷回憶，抱著雙肩打了一個哆嗦。

這時她的房間外傳來了一陣敲門聲。

「美葉，妳醒了沒？都幾點了還在睡！不要以爲今天放假就可以睡到中午啊！」

「知道啦，已經醒了啦！」廖美葉拉高嗓子回了門外的母親一聲。

聽見女兒回應的廖母沒再催促，離開了她的房間外。

廖美葉慢呑呑地爬起來，先去刷牙洗臉，再到樓下客廳吃早餐。

廖美葉習慣邊吃東西邊看電視，她咬著外面買回來的三明治，雙眼直盯著搞笑的綜藝節目。

廖母在旁邊用吸塵器吸著地，經過女兒時嫌棄地要她讓出位置，不要妨礙打掃。

廖美葉縮起腳，繼續吃著自己的三明治，一副悠閒的模樣。

最後廖母看不下去，「妳這麼拖拖拉拉的沒問題嗎？」

「啊？」廖美葉嘴裡還嚼著未呑下去的食物，納悶地看向自己母親。

「妳不是跟同學約好要見面？」廖母低頭繼續吸地，「昨天晚上妳有說過的吧。」

「啊？啊！」廖美葉從沙發上跳起來，被她遺忘的事情瞬間回籠。

她還真的忘了，她今天中午十一點半跟人有約！

「妳幹嘛不早點提醒我啦！」廖美葉不滿地抱怨，抓著剩下的三明治拚命往嘴巴裡塞。

廖母抬起頭，斜睨自己女兒一眼，「又不是我要跟人見面，自己的事不會自己記好嗎？都高三了，做事還那麼丟三落四……」

眼看廖母像被打開開關，碎碎唸即將一發不可收拾，廖美葉抓起沒喝完的豆漿，邊咬著吸管邊一溜煙跑回自己房裡。

再待下去，她就等著被唸到死吧！

廖美葉幾口喝完飲料，杯子隨意一擱，匆匆換上了外出服，把手機和錢包都塞進小包包裡。

她和人約見面的時間是中午十一點半，地點則是東月咖啡店。

廖美葉並不是要跟哪一個同學見面，事實上，她從沒見過今天要見面的對象。

那是一名網友。

眼看離約定時間越來越近，廖美葉拎起包包，匆匆往房外跑，但在來到門前時又驀地停住腳步。

廖美葉拍拍腦袋，轉身回到自己電腦前，讓螢幕重新亮起。

她昨晚忘記關機了，要是讓她媽不小心看到網頁內容，肯定會被痛罵一頓的。

電腦螢幕上此刻呈現的是靈異論壇的私訊頁面。

最新的訊息還掛在頂端。

發信人欄位是「小天使萬歲」，信件標題則是：

請問可以接受繁星校刊社的訪談嗎？想問問妳關於夜遊撞鬼的事情。

東月咖啡店離廖美葉家有一段距離，必須搭公車才能到。

廖美葉和同學去那邊聚餐過多次，店內飲料大杯，餐點平價，對學生族來說是間CP值相當高的店。

今天不小心睡得晚了，又忘記和網友有約，廖美葉趕到東月咖啡店的時間，離約定好的十一點半已經過了五分鐘。

她急匆匆地刷卡下車，一路小跑步地前往約定地點，一時沒留意到前面狀況，差點在東月咖啡店的大門前和一名正在講手機的女性撞個正著。

「哇啊！」廖美葉緊急煞車，慌慌張張地道歉，「不好意思，是我不小心！」

「沒事，我自己也沒仔細看路。」女子好脾氣地說著，「妳還好吧？」

「我很好，謝謝。」廖美葉抬起頭，這才有餘力看清對方長相。

那是一名打扮時髦、留著及肩鬈髮的成熟女性。金棕色的眼影為她的雙眼增添嫵媚風情，奶茶豆沙色的唇膏突顯她漂亮的唇型。

廖美葉睜大眼，覺得眼前的人越看越眼熟。

而那名女子在瞧清廖美葉時，也下意識露出疑惑神情，「我好像在哪看過妳……」

「我也……」廖美葉拚命翻找記憶中的資料，倏然靈光一閃，低呼一聲，「啊，麗怡姊！」

「妳認識我？所以我們果然……等等，妳是不是那個……」周麗怡眼睛越張越大，終於想起在哪見過這個女孩了，「葉子妹妹！」

「對對對，是我，我是葉子！」廖美葉連忙點頭，葉子是她在參加夜遊團時使用的暱稱。

周麗怡和她正好就是上上禮拜夜遊團裡唯二的女生。

廖美葉沒想到自己還能再見到對方，顯得有些驚喜，她想再和周麗怡寒暄幾句，可猛地又憶起自己有約在身。

而且還遲到了！

「不好意思，麗怡姊。我還有事，那我就先……」廖美葉朝周麗怡擺擺手。

「再見。」周麗怡也回了一個笑容，伸手往東月咖啡店大門門把探去，沒想到廖美葉和她做出一樣的動作。

她倆對上視線，忍不住露出了驚訝的表情。

「麗怡姊，妳也是要進去這裡嗎？好巧。」廖美葉收回手，讓周麗怡先進去。

「嗯，我跟人約好在這碰面。」周麗怡也沒想到會有這麼巧的事。

注意到有客人進來，一名店員立即快步迎上，「歡迎光臨，請問兩位嗎？」

「不是，我們不是一起的。」周麗怡笑了笑，「我……朋友應該在裡面了，一一點半的柯先生。」

廖美葉不禁呆住，因為和她約見面的那個人，正好也姓柯。

不會眞的這麼剛好吧……這念頭剛生起，廖美葉的腦海中像有道閃電劈下。

約她見面的是繁星高中校刊社的人，對方曾說過，現場可能不只一位受訪者，該不會……

這個疑問沒一會便獲得解答。

當廖美葉也回答店員自己的朋友是訂十一點半的柯先生時，店員揚起困惑有禮的笑容。

「那兩位應該是一起的吧，十一點半訂位的柯先生只有一位而已，他已經到了。請跟我來。」

周麗怡很快也意會過來。那位柯先生，或者說柯同學，曾提及他邀了不只一個人。

原來另一人就是廖美葉。

——他要問她們關於旭日高中撞鬼的事。

東月咖啡店平時學生眾多，假日更是常一位難求。

柯維安只能說自己運氣好，在前一天訂位還能順利訂到位子，不然他就得為訪談地點傷腦筋了。

也不能怪柯維安訂位訂得如此臨時，畢竟他也無法事先預料到靈異論壇上的那幾個網友剛好這兩天都給了回應。

想著在旭日高中碰上的那幾個小妖怪，又擔心幕後黑手隨時可能再出手，柯維安覺得見面時間還是越早越好。

越快掌握到更多情報，他們才能知道如何應對處理。

「能點了嗎？我想吃，我好餓……學長你這是在虐待童工……」今天跟柯維安一塊過來的還有惠窈，他雙眼緊盯著菜單，整顆腦袋像是恨不得埋到上面的照片裡。

東月咖啡店裡瀰漫著食物和咖啡香氣，惠窈聞得都餓了。為了能夠享受大餐，他可是特地沒吃早餐，直接忍到中午。

眼下他的肚子正咕嚕咕嚕直叫，看什麼都想吃。

「你這童工也不過小我三歲，實際上也沒多童。」柯維安的視線放在門口方向，試圖辨認進來的那些客人中，哪兩個才是他約見面的網友。

「是啦是啦，跟你站一起，我們兩個看起來一樣小……所以能不能點了？我餓。」

「還不行，再等等……」柯維安看也不看他一眼，「客人還沒來，等她們來了再一起點。先說好，這次只准點一份套餐，飲料可以選升級的，其他想都別想。」

柯維安可不想自己的荷包再被榨乾。

「好喔……」惠窈拉長了聲音，擺出一副「我很乖，我最聽話」的溫馴模樣。

柯維安瞄了小學弟一眼，一下就看穿這人是因爲秋冬語不在，沒人跟他分食，才會那麼安分。

東月咖啡店的大門很快又被人從外打開，兩名女性一前一後地走進來。

接著柯維安看見店員將她們兩位都帶往自己這桌的方向。

他在桌子底下拍了惠窈的大腿，要對方別再沉迷菜單，趕緊抬起頭。

惠窈總算強迫自己從菜單上的美食照回神，他眨眨眼，看著站在他們桌旁的兩位女性。

一人打扮成熟時髦，看上去大約二十來歲；另一人面容清秀，似乎是高中生的年紀，眼神流露出幾分緊張和遲疑。

惠窈用目光問著旁邊的柯維安：就是她們？

「妳們好。」柯維安沒有回應惠窈的詢問，直接站起來，可愛的臉蛋揚起熱情的微笑，「請問是葉子和來杯酒嗎？」

「葉子」就是廖美葉，「來杯酒」則是周麗怡在論壇裡使用的暱稱。

「對，你就是繁星校刊社的……」周麗怡點點頭，與廖美葉一塊落坐在兩個男孩子的對面。她將包包放在一邊，不掩飾好奇地在他們臉上打量一圈，「你們真的是高中生？」

不是周麗怡想懷疑，實在是面前的兩人長得太嫩了，比起高中生，更像國中生。

廖美葉心裡也有同樣疑惑，只是她不好意思說出來。

「我是繁星校刊社的柯維安，喊我維安或小安就可以了。」柯維安拿出毛小雅借給他的名片，發給周麗怡和廖美葉一人一張，「沒騙妳們，貨真價實的高二生。」

「現在的高中生……長得都這麼幼啊。」周麗怡忍不住感嘆，和他們兩個男孩子一比，都感到自己老了。

「還有發育空間，還有發育空間，再過幾年我肯定就會變成成熟美男子的。」柯維安自信滿滿地拍著胸脯保證，他那張稚嫩討喜的臉蛋加上耀眼的笑容，很容易讓人心生好感。

周麗怡和廖美葉頓時被逗笑，一開始的生疏氣氛也淡去不少。

柯維安抽出另一張菜單遞向前，「謝謝妳們願意過來，妳們先看看想喝什麼，我請客。」

「喊我周姊吧，不然老是用『來杯酒』來稱呼，感覺很奇怪。」周麗怡接過菜單，讓廖美葉先看，「不過請客就免了，要請也該是我來請。」

「哎？」柯維安一愣。

那傻傻的表情讓周麗怡又笑了，覺得眼前的小男生很可愛，「你們都還是學生，就讓大人出錢請吧。看想喝什麼都可以，要是不讓我請的話，我就不接受你們校刊社的訪談了喔。」

「哇，謝謝漂亮又大方的姊姊！」惠窈馬上眼睛發亮，看周麗怡像在看一位發著聖光的天使，「那我……」

「謝謝周姊，那我們就兩杯珍珠奶綠就可以了。」柯維安動作迅速地踩住惠窈的腳，要他收斂點，別在這時候暴露吃貨的本性。

「要再叫一點小點心嗎？」周麗怡這麼問的同時，已乾脆地在菜單上畫了幾個圈。

「麗怡姊，不用叫那麼多沒關係啦，妳這樣太破費了……」廖美葉小小聲地說。

「沒關係，剛好我也想吃一頓放鬆一下。」周麗怡拿著點菜單和錢包，起身到櫃台結帳。

「葉子，我這樣叫妳可以嗎？」柯維安見廖美葉點頭，才繼續問下去，「妳也是高中生嗎？」

「對，我高三。」或許是柯維安的笑臉有種安撫人的魔力，廖美葉漸漸放鬆下來，臉上笑容也跟著變多。

等到周麗怡回來，幾人閒聊了幾句，很快便轉到這次見面的重點上。

「你說你們校刊社想要做個靈異經驗分享的企劃？」周麗怡好奇地提問，「能說說是怎麼回事嗎？」

「這次主題其實跟廢墟有關，剛好我在論壇上看到周姊發了旭日高中夜遊撞鬼的帖子，發現那所學校已經廢棄多年。加上我自己也對這種不可思議的事很感興趣……」柯維安隨口掰扯一個理由，「就決定把這兩者結合起來，用旭日高中的撞鬼經驗來作爲主要題目。」

惠窈見他說得頭頭是道，要不是自己知道眞正原因，說不定都要相信了。

周麗怡和廖美葉顯然是完全信了。

正巧店員陸續送上飲料和餐點，一夥人便決定邊吃邊說。

「由麗怡姊說吧，我們是一起參加同一個夜遊團的，碰上的事差不多。」

一聽廖美葉這麼說，柯維安眼中的光芒更盛幾分，他還眞沒想到會有這麼一個巧合出現。

周麗怡喝了幾口咖啡，開始回憶起那一晚發生的事……

周麗怡是個上班族，最近的新興趣是夜遊探險，爲平淡的生活尋找一點刺激。

她在上上禮拜參加了一個夜遊團，雖說是第一次參加那名團主帶的團，但之前有先打聽過，對方的口碑在這圈子裡相當不錯。

她也是在那天認識了廖美葉。

身爲團裡唯二的女性，周麗怡自然和廖美葉走得比較近。尤其對方的年紀和自己妹妹差不多，讓她忍不住多關照了幾分。

團主叫作阿橋，他們那團當天總共有五人，前往的地點便是廢校多年的旭日高中。一夥人先是約在一間便利超商前集合，再由阿橋開車載大家前往目的地。

阿橋在路上先向大家介紹了旭日高中的歷史，以及最有名的情侶殉情鬼故事，挑起了大家的興奮和緊張感。

而他們今晚要探險的區域，就是傳說中女方上吊的一年級大樓。

阿橋的車開得挺快，他們大約半小時就抵達目的地。

沉浸在夜色中的旭日高中像個閉目趴臥的龐然大物，似乎只要一點聲響就會驚動到它。

旭日高中座落在一片荒郊野外，附近雖有設立路燈，但水銀白的燈光照耀在破敗的校門和門柱上，只更加增添了陰森森的氣息。

光是看著這所大部分都被黑暗包裹的學校，就讓人感受到一絲毛骨悚然。

周麗怡也參加過不少夜遊團，可旭日高中莫名地帶給她一股壓力，總覺得裡面像藏著恐怖怪物。

她很快又把這個念頭拋之腦後，這只是一間荒廢的普通學校，哪可能眞的有什麼怪物，純粹是她胡思亂想。

阿橋發給每個人一支手電筒，進去校園前叮嚀眾人一定要好好跟著他走，不能擅自脫離路線。

大家都是簽過切結書的人，自然明白守規則的重要性。

阿橋走在最前頭，兩名女孩走中間，殿後的則是一位塊頭較大的年輕人。

旭日高中的前庭被半人高的草葉佔據大半，加上四周烏漆墨黑一片，看不清楚草叢內的狀況，走過去時，周麗怡都怕會不會有蛇突然竄出來。

好在這種事沒有發生。

他們走的是一條明顯有人工痕跡的小徑，周麗怡猜測也許是阿橋或其他來過這夜遊的人事先清理出來的。

在阿橋的帶領下，他們一行人最先看到一棟攀滿藤蔓植物的大樓，他們以爲那就是等等要進入的目標，可阿橋帶著他們繼續往前。

「那是莊敬樓，也就是行政大樓，廢校前各處室都是在這裡面。」阿橋邊說邊舉高手電筒，大略掃過一圈，「再往前、然後轉過去，才是我們要去的麗澤樓，就是一年級大樓。」

周遭除了他們的腳步聲、阿橋的說話聲之外，似乎就再也找不到其他聲音。過於寂靜的氛圍下，任何細微聲響都被映襯得格外響亮，即使只是風吹動草葉，也讓人不由自主地綳緊身體。

阿橋邊走邊向大夥介紹著校內環境，還提起這裡面可能有野生動物藏匿，大家走路時最好還是要多注意一點。

他們繞過莊敬樓，拐了一個彎再向前，進入了學校原本的中庭位置。這裡的樹木瘋長一般，朝四面八方伸展枝葉，宛如一座迷你叢林。好在他們不須穿越中庭就能抵達麗澤樓。

周麗怡不時將光往旁邊照射，想將他們眼下所處的環境看得更仔細一點。教室裡的桌椅成堆疊放，像是一座小山丘，沒細看差點以爲躲了什麼龐然大物在牆邊。

阿橋帶著他們繞過一間間教室，期間沒有發生任何怪異的事，這讓周麗怡放下心來卻又有些失望。

她也說不清楚自己究竟想不想看見一些超現實的東西。

要是沒有，覺得太平淡。

但若眞的出現……

周麗怡心不在焉地想著，手電筒正好掃向了麗澤樓的一樓角落，映亮兩簇宛如鬼火的發光物體。

周麗怡感覺自己心跳瞬間像停了幾拍，抽氣聲也差點從嘴裡洩露。

而緊跟在她身邊的廖美葉也看見相同一幕，短促的尖叫聲登即爆發出來，連帶前後的三人也受到驚嚇。

短暫的兵荒馬亂過後，阿橋將燈光重新照向廖美葉指的地方。

周麗怡屛著氣，小心翼翼地跟著看過去。熒黃色的發光物還在，但她頓時鬆了一大口氣，像弦線繃住的身體無意識跟著鬆懈下來。

那是貓的眼睛。

原來角落居然蹲踞著一隻野貓，牠看起來不怕人，依舊靜靜地蹲立原處，兩顆黃澄澄的眼睛亮得驚人，遠看就像兩簇鬼火。

確認是貓，而不是什麼嚇人的存在後，周麗怡提起的一顆心不禁放回原處。她鬆口氣，握著手電筒想再上前幾步。她對貓沒什麼抵抗力，看到有野貓就忍不住想去勾搭幾把。

然而她才剛邁出一步，那隻貓猶如受到驚嚇，一下便從原本的不動如山狀態，變成一抹快速疾影，轉眼消失在眾人眼前。

周麗怡心中不免覺得有幾分可惜，從那短短的幾十秒她可以看出那是隻漂亮的貓，花紋乍看下有點像豹。

難不成……是豹貓嗎？

這念頭一浮出，周麗怡便暗自笑著否認了。豹貓那種昂貴的貓，怎麼可能出現在這種荒郊野外。

既然確定沒有異狀，阿橋繼續帶著眾人深入麗澤樓。

中間幾次的風吹草動讓大家遭受到幾次小小驚嚇，差點以爲是不是要撞鬼了。

畢竟在這種烏漆墨黑的地方，丁點聲響都容易讓人往神神鬼鬼的方向想。

但這也讓夜遊團的幾人感到更加刺激。

在阿橋帶領下，他們穿過了二樓、三樓……終於來到據說是情侶殉情的四樓教室。

阿橋壓低了聲音，要大家盡量跟緊一點，「如果看到什麼怪異的景象千萬不要發出尖叫，免得驚動可能盤踞在這的鬼魂。」

廖美葉下意識往周麗怡更靠近了，像是恨不得能與對方當連體嬰。

周麗怡表面不顯，可心裡還是有些七上八下。她緊緊握著廖美葉的手，他人的體溫在這種時候無疑能帶來一絲安心。

他們一步步踏進據說是上吊現場的116教室，周麗怡最先發現到這裡居然有吊扇。

她內心咯噔一下。一、二、三樓明明沒有，怎麼到這間就有了？

周麗怡強迫自己不要多想，情侶殉情只是個鬼故事，不是眞的。就算這裡出現吊扇，也不代表眞的曾有人在這……

「麗、麗怡姊……」

周麗怡忽然聽見廖美葉語帶顫抖地喊了自己名字。

「妳有沒有聽見……別的聲音？」

周麗怡一愣。別的聲音，什麼聲音？

還沒等周麗怡問出心中疑問，她的背脊霍地一僵，感覺教室裡的溫度彷彿下降了好幾度。

有人在嘆氣。

幽幽長長，似乎出自女人之口的嘆氣聲。

問題是，這裡除了她和廖美葉，根本沒有第三個女性才對！

周麗怡起初還想說服自己聽錯了，只是一時的幻覺，然而另外幾人發出的騷動讓她知道自己和廖美葉並沒有產生錯覺。

眞的有人在嘆氣！

「你們有沒有聽見……」同行的一名帽子男緊張地東張西望。

「噓，小聲點。」阿橋連忙警告，「要是驚動這裡的那個就不好了。」

「那個是……哪個？」廖美葉的聲音聽起來快哭了。

沒有人回答，就連阿橋也突然不說話了。

周麗怡可以理解他們爲什麼說不出話來，因爲就連她也處於同樣狀況。

她仰著頭，瞳孔收縮。她不確定自己現在的表情是怎樣的，但肯定因爲恐懼而扭曲了吧。

前一刻還空無一物的教室天花板，這一秒驟然亮起一雙雙紅色眼睛。

紅得像血，像隨時會化成液體從上方滴墜下來，染紅他們一身。

沒人知道那些眼睛是怎麼出現的，也沒人看清那些眼睛主人的軀體輪廓。

那些眼睛在靜靜地注視底下的他們。

周麗怡這輩子從沒看過如此駭人的景象，她無意識張大嘴，腳步也緩緩地向後退。

她不確定第一聲尖叫是誰發出來的，只知道自己也跟著放聲尖叫。

接下來發生的事簡直一團混亂。

一行人跌跌撞撞地往門口衝去，你推我擠的，誰也不想在那恐怖的空間多待一秒。

「跟好我！」

慌亂中，周麗怡只記得阿橋聲嘶力竭地大喊。她的手被人用力抓住，拉著她和廖美葉一塊往教室外面跑。

他們和另外兩名男性成員分散了。

然後……周麗怡就什麼也想不起來了，好像意識被無預警切斷。

等她甦醒過來，她錯愕地發現自己與廖美葉居然還在116教室裡，就只有她們兩人。

原本跟她們在一起的阿橋不知道什麼時候不見。

即使教室裡那些紅眼睛已經消失無蹤，彷彿從來不曾存在過，但這詭異的情況還是把她們兩人嚇壞了。

周麗怡和廖美葉用最快速度衝下了麗澤樓，沿著原路想跑回學校大門，沒想到卻在中途碰上阿橋和另外兩名男成員。

原來阿橋三人是折回來找她們的。

發覺周麗怡和廖美葉平空消失後，阿橋心急如焚，他先找到了另外兩人，再與他們一起尋找失蹤的成員。

幸虧沒釀出什麼意外。

一行人沒了夜遊的心思，由阿橋開車，迅速地離開了旭日高中。

在這之後，周麗怡起碼病了好幾天才漸漸康復。

也不是什麼大問題，就是身體一直覺得虛虛的，像是體力被掏空。而且還斷續作了幾天惡夢，每次都夢到那些彷彿盯著她不放的紅眼睛……

隨著周麗怡的訴說告一段落，輕快的鍵盤聲也跟著停下。

柯維安按下存檔，手指也從鍵盤上挪開，他旁邊的惠窈則是從頭到尾都在吃東西，連頭也沒抬起來過。

柯維安踢了踢惠窈一腳，要他分出一點注意力，好歹裝一下有在仔細聆聽。

「我記得的……大概就是這些了。」周麗怡喝口咖啡，語氣平靜，可眼中仍殘留一絲餘悸，那天發生的事顯然在她心中多少留下了陰影。

「我跟麗怡姊差不多，回去後也躺了好幾天。」廖美葉想起自己的經歷，不免流露幾分畏怕，「還一直作惡夢……嚇死我了。」

「周姊，妳說妳覺得自己像是失去意識……那這中間過了多久妳還記得嗎？」柯維安問道。

「我不確定。不過阿橋那時候說……」周麗怡試著回想，「從他發現我和葉子不見，到再次看到我們，好像過了快二十分鐘吧。」

「對對，我也記得！」廖美葉連聲附和，「阿橋說要是再拖得久一點，他差點都想打電話報警了！」

「我看他也只是說說。」周麗怡看得可比廖美葉清楚。

他們這個夜遊團明面上說的是夜遊，可實際上做的還是擅闖私人土地。如果再扯上有人失蹤，其中一個還是高中生……

一旦警察眞的過來了，那可就麻煩大了。

廖美葉沒想得那麼深，很快又被轉移了注意力，「我想不起來那時候到底發生什麼事……麗怡姊妳呢？」

「我也是，就像是短短睡了一覺……」周麗怡皺著眉頭。她醒來後還檢查了一下自身狀況，但沒有任何異常。

最後她只能歸因於是她和廖美葉陷入極大恐慌之下，不知不覺又跑回原來的地方。

周麗怡會願意接受繁星校刊社的採訪，最主要也是想跟相信的人分享自己撞鬼的事，不然一直憋在心上，她怕憋久了心理可能會出問題。

如今一股腦地將那天的經歷說出來，她感覺自己像放下心中大石，整個人也神清氣爽多了。

廖美葉與周麗怡是一樣的想法，她的精神看起來比來時好上許多。

「謝謝妳們接受我的訪問，還有謝謝周姊請客。」柯維安笑咪咪地和兩名女性告別，又坐回原位，等待著下一組訪問者的到來。

接下來柯維安他們又約見了三個女孩，一位高中生，兩位成年人。

她們三人參加夜遊團的時間和周麗怡、廖美葉不盡相同，在旭日高中碰上的怪事也不太一樣。

有的是看見教室裡掛滿人偶，在半空中無風自晃；有的是看見白色的人形影子攀在自己背後，還有的是看見巨大的黑影和血盆大口。

但不論哪一位，她們都曾瞧見紅色的眼睛，以及短暫地失去意識。

柯維安將三人參加的夜遊團資料問得仔細，確定沒有遺漏後，這才結束了今天的訪談工作。

惠窈捧著今天喝的第三杯飲料，一顆心早就不知道跑哪邊去了，漂亮的臉蛋上直白地寫著心不在焉。

「回魂喔。」柯維安推推眼神看似發直的綠髮少年，「你在想什麼？」

「想烤鴨、潤餅、炸湯圓、奶蓋烏龍茶、章魚燒……」惠窈一口氣唸出了一串食物名字。

「好了，不用唸了。」柯維安立刻喊停，讓惠窈再唸下去，大概能唸出一頓滿漢全席了，「今天一路聽下來，你有發現什麼嗎？」

「發現還是帶小語學姊過來，我才有機會吃更多。」惠窈遺憾地說。

「你想得美，就算小語來，我也不會請你的。」柯維安嚴守著自己的錢包，上回已經損失太多，再來一次眞的就要吃土了。

「學長是小氣鬼……」惠窈向柯維安發射哀怨視線，試圖讓對方心軟。

但柯維安才不吃這套，這套都是他早玩過的，「這麼看我也沒用，裝可愛和裝可憐我比你擅長太多了。說正事，今天見面的這幾個人，你有發現共通點嗎？」

「都是女的。」既然示弱手段不管用，惠窈也乖乖地回答起柯維安的問題。

「還有呢？」

「不知道，沒注意。」惠窈微聳肩膀。他沒說謊，從頭到尾他只放了少少的注意力在那些前來赴約的女性身上。

聽見惠竅這麼說，柯維安也不覺得太意外。他這學弟只在乎身邊人跟好吃的，其他人事物都被視作可有可無，壓根不會放在心上。

「那現在就稍微注意一下。」柯維安示意惠竅好好聽他說話，「在旭日高中撞鬼的那幾人，都是長得漂亮的女孩子，而且最重要的是……」

「最重要的是？」惠竅跟著複述一遍，好證明自己真的有專心聽。

「她們參加的都是同一人主辦的夜遊團，受到驚嚇而逃跑時也都是先跟那人在一起。」柯維安在鍵盤上敲打幾下，片刻後將螢幕轉向了惠竅的方向，讓他看清楚網頁上的資料。

那是一份報名用表單，上面寫著新一期的夜遊計畫。

時間是這禮拜六。

地點是旭日高中。

而主辦，是阿橋。

柯維安今天訪問過的五名女性——她們參加的都是阿橋帶領的夜遊團。

第七章

既然有了懷疑對象，接下來的計畫就很簡單了。

那就是主動深入敵營。

這裡的敵營指的不單是再次進入旭日高中，還有報名阿橋主辦的夜遊團這件事。

「提問……」秋冬語捧著充當宵夜的飯糰，說話仍是慢吞吞的，彷彿從來沒有任何事能讓她掀起明顯情緒波瀾，「報名，成功了嗎？」

「唉呀……」說到這件事，柯維安不禁嘆了長長的一口氣，「報了，但還沒得到通知。真的太奇怪了，上面雖說有人數限制，但我看那個團也還沒滿啊，不然早就關閉報名表單了。」

「嗯嗯嗯，學長說的沒錯。」惠窈心不在焉地附和，一顆心都放在面前的餅乾上。

那可是他平常捨不得買的進口貨，價錢實在太高了。

一包將近兩百元的餅乾他實在下不了手……但是，感謝有人把它放到了他面前！

惠窈迫不及待地拆了包裝，拿出一片餅乾細細欣賞，彷彿上面是鑲金或鍍銀，稀奇得不得了。

「報名，失敗？」秋冬語替柯維安總結出結論。

「不可能吧！」柯維安坐不住地跳起，心煩意亂地在屋子裡轉圈圈，「我可是仔細研究過報名規則，我們的身分也完全沒問題。如花似玉的高中生，誰會捨得拒絕啊？」

「嗯嗯嗯，學長說的沒錯。」惠窈還是同一句話，看得出根本沒仔細聽。

這個家的主人終於忍不住出聲打斷三名年輕人的談話。

「我說……」一身休閒服，但依然格子襯衫打扮的成熟男人放下環胸的手臂，素來柔和的眉眼染上了一絲傷腦筋，「三位小朋友，你們要討論事情非得在這裡討論嗎？」

「嗯嗯嗯，學長說的……」惠窈反射性的回應頓了頓，他抬起頭，發現現在說話的人換了，「不對，是安老師說的沒錯！」

「你到底是站哪邊的？」柯維安一把搶走惠窈的餅乾。

「誰給我好吃的我就站誰那。」遭到奪食的惠窈像是被惹毛的小動物，立刻撲向柯維安，與他扭成一團。

在安萬里看來，柯維安和惠窈就像是兩隻滾一起的小狗狗，可愛，但也挺煩的。

更正，是煩死人了。

安萬里的眼瞳染上些許碧色，他微一抬手，柯維安與惠窈之間瞬時浮出一片淡白色的屏障，成功將兩個幼稚的男孩子分開。

「再搶我食物，我咬你喔。」惠窈朝柯維安咧出一口白牙，即使是恫嚇的表情，但掛在那張秀美的臉龐上卻沒什麼震懾力。

不過柯維安不會不把那句話當一回事，都認識那麼久了，他太了解對方美食至上的性子。

就算奪食的人換成神使公會會長，惠窈估計也照咬不誤。

「拿去拿去……」柯維安也不是真要跟對方搶餅乾，只是要拉回他的注意力，「我剛說的你有聽嗎？」

「嗯……」惠窈沉思數秒，決定展現誠實就是美德，「沒有。」

「我就知道！」柯維安拍了下額頭，覺得毫不意外。他一屁股坐回沙發，還相當熟練地使喚起這個家的主人，「我想喝可樂，沒可樂的話氣泡水也行。」

「你可以喝空氣。」安萬里回予溫柔至極的微笑，「看你想喝多少就喝多少呢，維安。」

「小氣鬼，愛幼一下又不會怎樣……」柯維安嘀咕地站起，決定自己去冰箱找。

「也沒見過你尊長。」安萬里倒是沒阻止柯維安自己來，「順便幫我拿冰箱門旁邊的綠茶。」

「學長我也要！隨便什麼喝的都行，如果有酒的話……」惠窈早就想試試酒的滋味了，只是家裡管得嚴，在外面也容易被野貓、野鳥盯梢。

沒錯，就算是路邊小動物都可能是妖怪，還是跟神使公會有關的一分子。

這種狀態下，惠窈想偷喝一點酒都難。

「你想得美喔。」柯維安抱著幾瓶飲料回到客廳，直接塞了一瓶牛奶給惠窈，「國中生就別想偷喝酒了，乖乖喝牛奶，喝多才會長高。」

「小氣。」惠窈嘴上抱怨，但還是老實接過牛奶，反正只要給他好吃好喝的他就滿足了。

安萬里看著擠在自己家客廳的三個小孩子——在幾百歲的他看來，他們確實是幼小得不得了——沒忘記自己最初的問題。

「所以是爲什麼非得跑來我這？惠窈你的門禁呢？現在都十點多了。你們三個明天都還要上學的，可別忘。」

「沒忘。」秋冬語珍惜地咬著飯糰，雖然她食量大，但也被嚴格規定過九點就不能吃太多，免得消化不良，「起得來……」

「反正再不行就借你家睡嘛。拜託囉，安老師。」柯維安露出純眞無辜的眼神，滿懷期待地瞅著安萬里，「我已經跟公會那邊報備過了。」

「我也跟我家老爹說過了。」惠窈邊吃著餅乾，邊回答安萬里的問題，「他聽說我要借住在安老師這，馬上就答應了呢。」

「同樣，跟老大說過。他說……」秋冬語舔去嘴角沾到的飯粒，「隨便怎麼住，都行。」

面對理直氣壯還先斬後奏的三個小孩，安萬里又好氣又好笑。

這地方是他在繁星市另外購入的房子，偶爾才會來這住，大多時候還是待在神使公會。誰想得到今天過來一趟，就附贈了三條甩不掉的小尾巴。

「你們慢慢討論吧，我先去洗澡了。」安萬里對夜遊團的事沒太大興趣，他只要在必要時刻盯好小朋友的安全就好。

安萬里一離開客廳，柯維安馬上獨佔最大最軟的沙發。他搬出自己的寶貝筆電，借了這裡的網路，三兩下便找出阿橋的夜遊團網頁。

「你們看，報名表單還是開放中。」柯維安皺著眉毛，百思不解，「所以我們到底是爲什麼還沒通過？」

惠窈也湊了過來，仔細把上面的每一條說明都看過，「學長，你看這裡，上面說報名時可附上照片……你有附嗎？」

「沒，也說了這不是硬性規定……等等。」柯維安突地靈光一閃，迅速將之前自己訪問過的幾名女性的長相從腦海中挖出來。

清一色都是容貌中上的漂亮女生。

「我怎麼忘了！」柯維安懊惱地往椅背用力靠上，「那幾個撞鬼網友的共同特徵，都是長得好看的女生！」

「學長你是報名幾個人？」惠窈問。

「三個。」柯維安的手指在惠窈和秋冬語間轉一圈，再比向自己，「當然是我們三個，只是都沒附照片。我再重新報名一下，順便找看看有沒有適合的照片。」

柯維安行動力十足，說做就做。

他的筆電除了收藏大量可愛小孩子的照片外，身邊親友的日常照也是有的。他將他們三人的照片夾帶至表單裡，再按下送出。

保險起見，他還特地找了張自己以前玩大冒險時穿女裝的照片，假裝三人都是女孩子。

反正就是先蒙混過關再說。

柯維安對他們三個的容貌還挺有信心，反正到時到了現場，阿橋發現被騙也來不及了，總不可能直接叫人退出吧。

過沒多久，柯維安筆電的右下角跳出了有新郵件的通知。他連忙點開一看，信件內容讓他的笑容不自覺放大。

惠窈沒錯過柯維安的表情變化，「有好消息了？這麼快的嗎？」

「就是這麼快！」柯維安愉快宣布，「我收到通知啦，我猜對方可能就在線上，才會這麼快回覆。這個禮拜六晚上八點，旭日高中正門前集合，夜遊團確定報名成功！」

「那我到時得跟我老爸老媽說一下了。」惠窈將這個時間點記下，「還有什麼要注意的，學長你到時一併傳給我吧。」

「好喔。」柯維安比出一個沒問題的手勢，將信件轉給惠窈和秋冬語各一份。信裡除了交代時間地點外，還有匯款資訊及切結書。

「報名費我這邊統一轉過去吧。」柯維安沒忘記惠窈才國中生，轉帳對他來說可能不方便，「唔，要是可以報公費就好了。」

「只要確定有瘴或妖怪作祟，事後你們可以報公費。」安萬里洗完澡，從浴室走至客廳時正好聽見柯維安的這句話，「如果沒有的話……」

「也可以報？」柯維安語帶希冀。

「做人不要想太美喔，維安。」安萬里微微一笑，殘忍無情地打碎柯維安的期盼，「而且惠窈的部分你也得自己吸收。」

柯維安摀著胸口，一臉痛苦地往旁邊倒下，「好過分……」

「你找國中生當童工之前，就得把這些考慮清楚了。」安萬里一點也不同情柯維安，他擦著頭髮，慢條斯理地踱步到放吹風機的地方。

就算憑靠妖力可以輕鬆弄乾頭髮上的水氣，但他還是喜歡像人類一樣自己動手做這些小事。

柯維安下意識隨著吹風機傳來的聲音看向安萬里，一個主意在他心裡生成。

等安萬里吹完頭髮，只見鬈髮男孩正用亮晶晶的眼神盯著他瞧。

「你必須要知道，維安。」安萬里好整以暇地與柯維安對視，「你的狗狗眼神對公會的大部分人都是沒用的。不要奢望我會替你出錢，身爲老師，對你們這週六要去參加夜遊團睜一隻眼、閉一隻眼已經很客氣了。」

「靠，我們那明明是做任務！」柯維安不滿地抗議，「你不要這時候擺出老師身分，先聽我把話說完啦，不然我就要叫小語把你固定住，強制你聽我說話了。」

「不行。」被點到名的秋冬語看過來，「在忙……忙著吃飯糰。」

「不管你想說什麼，十一點前說完吧。」安萬里看了眼牆上掛鐘的時間，「我會開車送你們回家，反對無效，我相信你們不想我拿出大人的手段。」

「明明是老妖怪的手段吧。」柯維安小聲吐槽，接收到安萬里瞥過來的視線。他的背像爬上一條冰涼的蛇，瞬間打了個哆嗦，連忙將想說的話一股腦吐出，「這禮拜六晚上，拜託你開車載我們到旭日高中了！」

「如果你明天的國文小考可以拿到九十分以上的話。」安萬里瞇眼微笑的樣子在柯維安眼中看來就像隻老狐狸，「我相信你沒有忘記明天要考試。」

柯維安背脊一僵。要死，還眞的忘記了！

「加油了學長，靠你了！」惠窈用力拍上柯維安的肩膀。

「加油……」秋冬語拍另外一邊，只是她的力道很輕。

柯維安則是一臉遭逢世界末日的表情，整個人看起來搖搖欲墜。

救命！今晚不睡覺背書還來得及嗎——

□

舉行夜遊的那一天很快到來。

依照事先說好的，安萬里負責開車載柯維安等人前往旭日高中，然後他會找個地方停車等待，活動結束後再過去接他們。

「好好加油。」安萬里對著車上的三個小孩說道：「如果真的碰上麻煩，我是指那種會讓你們小命不保的麻煩，再打電話給我。」

「知道啦。」柯維安笑嘻嘻地說，也不覺得安萬里的說法有哪裡不妥。

做任務本來就是在訓練他們的能力，除非逼不得已，否則像安萬里這樣的百年大妖是不會輕易插手的。

集合時間是晚上八點，安萬里提早了近十五分鐘將人送來，等三人依序下車後，他就將車開到了一邊停著。

柯維安稍微調整了下背包肩帶的位置，與秋冬語和惠窈前往座落於陰影中的旭日高中。

即使他們提早抵達，但旭日高中的正門前已經有人等著了。

那是個大約二十幾歲的年輕男人，揹著大背包，體格中等，頭髮理得短短的，濃眉大眼，給人清爽的印象。

見到柯維安三人出現，他主動迎向前，臉上帶著和善的笑容，目光同時從三張臉龐逐一掃過。

「嗨，妳們是來參加夜遊團的吧。我是團主阿橋，我看過妳們的照片，妳們是小惠、小語和……小安!?」

當阿橋看清柯維安的模樣，他的聲音瞬間拔高了幾分，眼中露出錯愕。

柯維安倒是能理解阿橋為什麼會有這種反應，畢竟他給的照片是女裝照嘛，對方大概一直以為他是個女孩子。

「哈囉，我是小安。」柯維安泰然自若地與阿橋打招呼，彷彿不覺自己拿照片矇騙人有什麼不對。

反正他人都來了，他就不信阿橋會叫他回去。

阿橋的確也做不出這種事，意會到這個小安真的是男生後，他的微笑僵了一瞬，一會又恢復正常。

「你好你好，小安你的照片和你……不太一樣，我一下沒認出來呢。」

「哎，大家都說我比照片更好看。」柯維安大言不慚地說，目光迅速掃過阿橋，但沒察覺到任何異常，看不出對方體內是否寄附著瘴。

不過從那幾位受訪者的經歷來看，加上那三隻妖怪洩露的隻字片語，這個夜遊團主辦一定懷有某種祕密。

阿橋似乎沒想到這個鬈髮男孩還是個自戀的，不過對方的那張臉，的確是比大多數男孩秀氣。

「我們還有三個成員，他們應該待會就到，我們再等等。」阿橋的話剛說完沒多久，前方就出現了明亮的車燈光束。

隨著亮光越來越近，站在旭日高中校門前的四人也看清楚那是一輛雙載的機車。機車在眾人面前停下，上頭的兩人摘下安全帽，露出底下年輕的面孔。

騎車的是個痞痞的男生。後座則是一名留著小波浪鬈的女孩子，眼妝精緻，容貌艷麗，是走在路上會被多看好幾眼的美女。

「果然……」柯維安與惠窈說著悄悄話，「是看臉挑人的啊。」

阿橋看過參加者的照片，很快認出來人是誰，「你們是夏川和年糕嗎？我是團主阿橋。」

夏川就是那名痞痞的青年，他穿著黑夾克，脖子上還有一片刺青；年糕則是他的女朋友，看似冷艷，但一開口卻是嬌滴滴的聲音，與她的外表有相當大的反差。

阿橋看看左右，沒見到其他人，「還有一位成員沒來，我本來是想說大家到齊了再彼此做個介紹。」

「先介紹也不會怎樣呀。」年糕嗲聲嗲氣地說，感興趣的視線落至柯維安和惠窈身上，「這兩個好小喔，國中生嗎？偷偷瞞著家長出來的吼？」

「不不不，一點也不小。」柯維安笑咪咪地說，「是高中生呢。」

正牌國中生的惠窈乾脆保持沉默，讓眾人誤解他跟柯維安是同樣年紀，反正他們兩個的臉看上去一樣嫩。

「嗯，高中生……」秋冬語慢悠悠地附和，「我們是同學……另一個是學妹。」

「還眞的是高中生喔！」年糕驚奇地嚷，「妳怎麼還帶著雨傘？啊我知道了，要當棍子探路用的對吧。欸欸，阿夏，現在高中生都這麼幼嗎？」

「我哪知道。」夏川不感興趣地隨口回道：「團主，我們要等到哪時候啊？」

「叫我阿橋就可以。」阿橋低頭看了下手錶時間，「約好的時間是八點，還有五分鐘，我們再等等。」

阿橋話聲剛落，就見到前方黑夜中有輛車往這駛近。隨著車燈光芒越漸明亮，大夥忍不住瞇了下眼，抬手遮擋。

車子在旭日高中的不遠處停下，車門開啓，一道纖細柔弱的人影從裡頭走出。

「啊！」柯維安瞪大了眼，吃驚躍上眼內。

「啊……」惠窈也跟著低喊一聲，沒想到最後一個成員原來是那個人。

「認識？」秋冬語從同伴的反應得到結論。

「不算認識，頂多算……一面之緣？」柯維安說道。

柯維安與惠窈都沒料到，原來趕來的最後一人……居然會是他們先前在旭日高中裡救出的左柚！

金褐髮色的美麗少女掛著靦腆的笑，那宛如精雕細琢的五官令人忍不住驚艷。

就算自己的女友也是一位美女，但夏川還是忍不住被左柚的美貌吸引，眼神黏在對方臉上好一會，直到被年糕察覺，不客氣地捏了他的手臂一記。

「看看看，看什麼看？」年糕壓低音量，眉眼流露些許不滿，「你是忘記你女朋友在這裡嗎？」

「沒、沒啦，就不認識的人……反射性都會多看幾眼嘛。」夏川趕緊小小聲地求饒，眼神也不敢再亂飄，以免換來年糕不留情的對待。

「算了，原諒你。」年糕勉為其難地說。

「不好意思，讓你們久等了。」左柚三步併作兩步地上前，滿懷歉意地道歉。

「左柚對嗎？」阿橋嘴上做著確認，手已迫不及待地往前伸出去。

「啊，對，我是左柚。」見狀，左柚也伸出手，客氣地與阿橋打招呼，「你是……」

「我是團主阿橋。」阿橋臉上堆滿笑意，手仍握著左柚的手不放，「然後那邊三位是小語、小惠、小安，這兩位是夏川和年糕。」

「左右？哪個右？」年糕好奇問道：「妳名字真有趣耶。」

「是水果柚子的那個柚。」左柚細聲解釋，發現阿橋依然沒有鬆手的意思後，眉宇微微蹙起，眼裡染上一絲為難。

可她好像不擅長直白地指出別人的問題，嘴唇動了幾下，還是吐不出抗拒。

柯維安見阿橋明顯在揩油，咂了下舌，迅速撞了惠窈一記，用眼神示意對方行動。

「左柚嗎？妳的名字聽起來好好吃喔。」惠窈收到柯維安的暗示，一個箭步上前勾住左柚的手臂，熱情地把人往自己這邊帶，也順勢讓阿橋的手落了一個空，「啊不是，我是說妳的名字好好聽喔！」

「謝謝。」左柚眉頭舒展開來，臉上的笑意真摯又柔軟，像是花瓣徐徐伸綻，吐露芬芳。

「喂，你剛是不是握人家女生的手握太久了？」年糕的目光像探照燈掃向阿橋，語帶質疑，「不要以為是團主就能趁機佔便宜，信不信我去網路上曬你。」

「沒這回事，絕對沒這回事！妳誤會了！」阿橋變了臉色，慌亂地猛搖著手，「我怎麼可能做這種事？我只是正常地和左柚握手問好而已。」

「妳想太多了吧。」夏川也覺得自己女友有點小題大作，和她咬著耳朵，「妳看他那緊張的矬樣，哪來的這膽子？」

年糕順著夏川指的一看，這才留意到阿橋的手抖個不停，那模樣看起來像個膽小鬼。她半信半疑地接受了夏川的說法，沒再咄咄逼人。

阿橋也怕再有人揪著這個問題不放，連忙打開自己的包包，「有人沒帶手電筒的嗎？我這裡有多帶幾支備用的。」

「啊。」左柚輕輕喊了一聲，語氣愧疚，「對不起，我忘了……」

「沒關係、沒關係。」阿橋似乎認爲這是改變左柚對自己印象的好時機，殷勤地將手電筒交到對方手上，「這支光很亮，照得也遠，電池還是新的，不用怕突然沒電。」

除了左柚外，其他人都有記得帶上照明工具。

在阿橋的交代下，眾人紛紛打開手電筒的開關，原本陰森森的廢校門口頓時變得一片白亮。

「大家跟著我吧，記得跟好，小心不要掉隊，也不要擅自跑到其他地方。我們走的路線很簡單，就是從正門出發，然後繞到麗澤樓，就是這個高中的一年級大樓。」阿橋拉高音量，確保每個人都能聽見，「沒問題我們就出發吧！」

年糕有絲興奮，拉著夏川的衣角嘀嘀咕咕地說，「一年級大樓？就是那個傳說有情侶去自殺，然後鬧鬼的那個地方對吧！」

「妳還眞的相信有鬼喔。」夏川自己是不信這些，會參加夜遊只是想尋找刺激，順便在自己的女友面前展現一下男子氣概。

「當然不信啦，這世上哪可能有鬼。」年糕嬌滴滴地說，「不過要是遇到危險，記得保護我喔，如果你敢拋下我先跑……」

年糕的表情一下變得猙獰，手指做勢往夏川的褲襠處一掐。

「老娘就宰了你。」

夏川本能地一夾腿，忙不迭向年糕保證絕對不會發生那種事。

這邊小情侶在竊竊私語，走在他們前面的柯維安等人也在說著悄悄話。

「如何，有感覺到什麼嗎？」柯維安問向惠窈和秋冬語。

兩人不約而同地搖頭，換惠窈反問柯維安，「學長，應該是你比較敏感吧，你就沒發現到什麼嗎？」

惠窈會這麼問的原因很簡單，妖怪對神明的氣息格外敏銳，反之亦然，如果真的有屬於瘴的妖氣出現，身爲神使的柯維安理應會先一步感知到。

柯維安盯著阿橋的背影，聳聳肩，「要是有的話，我幹嘛還問你們呢？」

就目前情況來看，阿橋似乎真的只是普通人類，他身周完全嗅不到一絲妖怪氣味，自然也無法判斷是否被瘴入侵了。

「小安是屬於敏感體質的嗎?」由於柯維安他們在交談時掩飾了關鍵字眼，因此在左柚聽來，下意識往其他方向誤解了。

「咦?啊，一點點啦……有時能感覺到而已。」柯維安面不改色地把話題接下去。就連前面的阿橋也訝異地轉頭，「所以你以前真的有……碰過嗎?」

「是有幾次啦，就是會突然覺得冷之類的。」柯維安說道。

「只有覺得冷而已喔，那其實是心理作用吧。」年糕打從心底不相信，但看在柯維安長得那麼可愛的份上，她語氣也沒有太刻薄，「或是你對溫度變化比別人敏感啦。」

「哈哈，也許喔。」柯維安用輕鬆的態度帶過去。

「不過這地方……草也長得太高了吧。」年糕皺著眉頭，一邊走一邊碎唸，「哎呀討厭，還有刺刺的東西黏到我裙子上……」

「那是鬼針草，避開點就好，現在已經算很好走了。」阿橋回頭看了一眼被年糕抱怨的植物，「我剛來的時候啊，還得想辦法將路弄寬一點，不然才真的叫難以行走。左柚妳還可以嗎，走起來沒問題吧?」

「咦？嗯，沒問題。」突然被點到名的左柚一愣，回予淺淺的微笑。

阿橋趁機說，「還是妳走前面一點，跟我一起？」

柯維安又戳了惠窈一下。

「要請我喝飲料，草莓芝芝奶蓋。」惠窈飛快提出交換條件，隨即刻意放大聲量，「左柚我有點怕，妳不要離我太遠喔！」

「妳要不要牽著我的手？」左柚信以爲眞，主動將手遞向惠窈。

惠窈可不想變成自己佔左柚便宜，畢竟其他人可都不知道他是男的，只好隨便胡謅一個理由，「謝謝，不過我手容易出汗，還是不用好了。」

隨後惠窈投給柯維安一記「我犧牲可大了，飲料要兩杯才行」的眼神。

柯維安感覺自己荷包又在哭泣，惠窈要求的飲料一杯都七、八十元……貴死了！

第八章

縱使柯維安幾人先前已來過旭日高中一趟，但白晝和夜晚的氛圍，可以說是大大的不同。

白日時的校園雖然荒涼，可在日光的照耀下，多少能沖淡一些陰森幽涼的感覺，不至於讓人每一步走起來都膽顫心驚，深怕暗處會冷不防衝出什麼。

可深夜就完全不一樣了。

彷彿潑墨般的烏黑從天空深處渲染出來，四面八方地侵佔眼所能及之處，要將一切色彩都吞沒其中。

林立在暗夜底下的建築物猶如棲停的巨獸，一動也不動地佇立著。手電筒的光芒偶爾不經意地掃過上頭的窗戶，造成剎那的亮閃，就好像是一隻隻眼睛俯視著下方渺小的入侵者。

即使有手電筒熾白的光芒向前突破，也只能驅逐一部分黑暗勢力。再更遠些，好似會被濃稠的暗色吞吃殆盡。

一點風吹草動都容易刺激著不自覺繃緊的神經。

參加夜遊團的人跟著阿橋一步步往前走，他們踩過碎石、矮草，不時製造出沙沙沙的聲響。

「前面大家走路小心一點，不要跌倒，這裡有一些垃圾沒清走。」阿橋謹慎地提醒後方成員們。

一夥人穿過雜草叢生的前庭，準備轉進中庭。

這裡感覺更加幽暗，夜色像能吞噬一切，建築物的輪廓變得模糊而顯得扭曲，那些過於茂密的植物像是張牙舞爪的怪物。

年糕吞吞口水，受到氣氛影響，反射性往夏川身邊靠去。

被遺棄在此的學校靜得不可思議，丁點聲響都會被這份寂靜放至最大。此時突然的一聲尖銳啼叫像是要撕裂夜氣，蠻橫地撞進所有人心中。

「呀啊！」年糕被嚇得抓住了男友的手，「那、那什麼聲音？」

「是鳥吧，聽起來像鳥叫。」阿橋連忙安撫團員，避免有人過度恐慌。

年糕也察覺自己好像太大驚小怪，面上發燙，故作冷靜地趕緊鬆開抓著男友的手。

夏川偷偷鬆了口氣。年糕的指甲都掐進他皮膚了，差點沒痛死他。

而就在阿橋的說明剛落下沒多久，被闃暗籠罩的廢棄校園倏地接二連三響起嘎嘎嘎鳥啼。

那些叫聲又高又尖，此起彼落，乍聽下猶如淒厲的喊叫，讓人心驚膽跳。

緊接著附近的林木間出現「啪啪啪」的振翅聲，幾團黑影猛地由上衝下，像從空中投下的砲彈，眼看就要砸往夜遊團這邊。

偏偏夜色正濃，這個危機根本教人難以提防。

說時遲、那時快，走在最左側的秋冬語俐落開傘，像朵花綻放的淡紫色傘面飛速往斜上方一掃。

走在秋冬語前後的幾人只聽到疑似有物體撞上洋傘的響動，還來不及看清發生什麼事，秋冬語已將傘再收起。

「怎、怎麼了？」阿橋結結巴巴地問，「小語妳剛是……」

「忽然……想開傘。」秋冬語又輕又細的聲音滲入空氣，反倒增添一絲幽涼感。

阿橋看著那張面無表情、白得不健康的臉，不自覺打了個哆嗦，剩下的問題忽然問不下去了。

柯維安和惠窈方才倒是看得明白，有幾隻鳥顯然想衝撞他們，被秋冬語快狠準地用洋傘打飛出去。

柯維安不禁懷疑那些鳥該不會也受到操控，但阿橋沒洩露出任何異狀。

惠窈將手機往柯維安面前一遞，螢幕上是他剛打好的字。

沒有妖氣。

柯維安若有所思地點點頭。那些鳥估計就是再普通不過的鳥，而非妖怪。

或許是深怕又有什麼從天外飛來，阿橋加快腳步，趕緊帶領眾人進入有大量藤蔓植物攀爬在外牆的麗澤樓。

一進入有屋頂的建築物內，夏川和年糕不約而同地鬆口氣，頭上有遮蔽物總是比較有安全感。

他們好奇地東張西望，手電筒光線跟著四處移動，大致勾勒出目前所處環境。

「這裡的植物也有夠多的！」年糕看著糾結纏繞在洗手台上的大量綠藤，好奇地走近，伸手轉動水龍頭，「啊，沒水呀。」

「當然沒水，這裡都廢棄多久了，早就斷水斷電了吧。」夏川把手電筒往另一方向照射，發現那些疑似教室的空間都沒有掛牌，「這裡眞的是一年級大樓嗎？沒看到班級牌耶。」

「這裡眞的是一年級大樓。」阿橋做出保證，「我帶團到這來不只一次了，絕對不會弄錯。它一、二、三樓沒有掛牌，但四樓有，到時候你們就知道我沒騙人了。我們繼續往前走吧。」

阿橋說完，便準備帶大家逛過一間間教室。可才剛走幾步，年糕就冒出意見了。

「等等，這些教室有什麼特別的嗎？」年糕嬌聲嬌氣地問，可提出的質疑卻不太客氣，「沒的話就不用浪費時間一間間都走進去吧。」

「我是沒意……」夏川被自己女友一瞪，立即改口，「對，年糕說的對。」

有了夏川站在自己這邊，年糕更加理直氣壯，「這些教室感覺都髒兮兮的，灰塵也好多。我鼻子不好，萬一瘋狂打起噴嚏怎麼辦？反正重點是傳聞裡的那間教室嘛，我們就直接往那邊去吧。」

「咦？這……」阿橋面露爲難，通常夜遊的醍醐味就是在慢慢探險，但年糕和夏川看起來一點也不打算享受這滋味，「你們幾位覺得呢？」

見阿橋把問題拋過來，惠窈聳聳肩，「我們這學長做代表決定。」

「嗯。」秋冬語附和。

「欸？我嗎？都行啊。」柯維安是眞的覺得沒差，畢竟他們的目標是揪出造成那些女網友短暫失蹤的原凶。

「不然……我們先到那間教室，再從上面慢慢走下來？」左柚輕聲細語地提出自己的看法。

「好耶，這個我可以！」年糕一拍雙手，同意了這個方式。她只是覺得到目前爲止都太無聊了，才會想要快點體會刺激感。

「既然大家都這麼決定的話……」阿橋點點頭，轉了方向，帶著一夥人踏上樓梯。

樓道比起走廊顯得狹隘，三人並排稍嫌擁擠。因此一樣是由阿橋帶頭走在最前面，後方的人自動兩兩一起。

在多支手電筒的齊齊照射下，原先黑得伸手不見五指的樓梯頓時亮如白晝，甚至稍嫌太過刺眼。急得阿橋連忙回頭，要大家盡量往上面或下面照，就是別對著他。

眾人依言行事，這下子果然好多了。

阿橋鬆口氣，再次邁出腳步。挑高的空間裡迴盪著他們一行人的腳步聲，每個音響都被放大許多，產生了共鳴，一下下地敲擊在眾人心頭。

似乎是受到氣氛感染，原本話挺多的年糕也閉上嘴，一隻手緊勾著夏川的手臂，另一隻手緊握手電筒，不時往腳邊或上方投射光芒。

察覺到後方變得安靜，阿橋清清喉嚨，特意壓低嗓音，開始爲眾人說起旭日高中最廣爲人知的鬼故事。

他繪聲繪影地說著曾有一對情侶因爲愛情不被家人祝福，別無他法之下，絕望的兩人最後決定一起踏上死亡之路，讓他們的愛永遠凝固在最美的一刻。

柯維安得承認，阿橋這故事說得可比校刊社那幾位更有渲染力，換成膽子小一點的人，很可能已經被挑起緊張害怕的情緒。

等對方說到高潮處，也就是男方臨時反悔、拋下已經上吊的女方逃跑之際，一聲嗤笑冷不防在樓道間響起。

「噗哧！啊對不起，我不是故意的……」笑出來的人是夏川，他連連道歉，可阿橋說鬼故事的情緒已經整個被打斷。

柯維安和惠窈就走在阿橋後方，他正好瞄見阿橋垂在腰間的手驀地攥成拳頭，彷彿在忍耐著什麼。

然而阿橋停步回頭，臉上的表情卻是和和氣氣，「怎麼了？這個故事有哪裡好笑的嗎？」

「不是、不是……」夏川擺著手，「你鬼故事說得挺好的，不過這裡根本沒死過人對吧。我朋友就住這附近，他很確定廢校後從來沒發現過什麼屍體。所以你那故事一開始就不成立，你換個別的吧，別的說不定還能嚇到我們。」

「咦？殉情情侶原來是假的嗎？」年糕不敢置信地拉高聲音，「我還以爲這裡眞的有死過人，都沒有的話那就是很普通的廢墟了嘛。」

「但，我們參加的是夜遊團……」左柚忍不住柔聲開口，「不是靈異團。夜晚的廢墟相當有情調呢，你們不覺得嗎？」

面對嬌弱的美少女這麼好聲好氣地詢問，即使是不停挑剔的年糕也把剩下的不滿嚥了下去。

那張臉真的讓人很難生起惡言相向的情緒。

眼看一場紛爭就這麼被左柚消弭於無形，阿橋看向左柚的眼神更熱切，手也穿過柯維安和惠窈，朝她再次伸了過去，「左柚，妳要不要來前面跟我走一起？這樣視線不會被擋到，可是特等席位喔。」

「不用了。」左柚往秋冬語方向一靠，客氣地拒絕阿橋的建議，「我覺得走在這裡也很好。」

「這……這樣啊。」阿橋用奇快無比的速度將手收回，彷彿在掩飾他的尷尬。

柯維安卻發現阿橋轉過身後，那隻方才欲伸向左柚的手正詭異地抖個不停。

「他怎麼了？」惠窈也注意到了，用氣聲與柯維安耳語，「生病嗎？不然幹嘛一直抽搐？」

聽惠窈這麼一說，柯維安也覺得阿橋的手簡直像無法控制地在抽動。這情景讓他心生疑惑，感覺阿橋身上的謎團越來越多。

夜遊團繼續往更高樓前進，他們通過了二樓、三樓，逐漸靠近四樓。

「我們快要到傳說中的四樓教室了。」阿橋語氣恢復正常，好似先前的那些小插曲不曾發生，「雖然這地方確實沒有發現上吊屍體的新聞，但有個細節還是很有趣的。這棟大樓的一、二、三樓都沒有裝設吊扇，啊，也可能是之前拆走了。」

「這哪裡有趣了？」年糕對長得美的左柚不忍心言語尖利，但對阿橋就沒那麼客氣了，「這很無聊吧。」

「可是……那間傳說是女方上吊的教室，卻偏偏有著吊扇。」阿橋笑了一聲。

那聲音落在樓梯間，又輕又細，無來由地顯得陰森森的。

「搞什麼啊！那又怎樣？」年糕刻意說得大聲，像在指責阿橋故意裝神弄鬼。

距離四樓還剩下兩階。

阿橋一口氣跨過階梯，率先踏上四樓。緊接著他忽地扭過頭，朝還在樓梯間的眾人露出一抹笑，他的視線似乎特別掃向了最末端的年糕和夏川。

但在年糕想瞪回去的時候，阿橋的視線已經移開，快得像是一場錯覺。

「好了，我們終於來到四樓了。傳說中的116教室就在最後一間，我們等等就能看看那裡面是不是有什麼……！」阿橋走到轉角後，話聲跟著一斷。

「阿橋？」還在樓梯上的柯維安一驚，高聲詢問，腳下步伐也加快。

見狀，後面的其他人紛紛三步併作兩步地往樓上跑。

柯維安動作最快，他一個箭步繞出轉角，眼裡映入了阿橋僵住的背影。

阿橋動也不動，手電筒往前直直照射，一道蒼白光束穿越了像掛上黑幕的廊道。

柯維安沒有追問為什麼阿橋忽然停在原地，因為除了對方的身影，他還看見了……

飄浮在走廊上的洋娃娃。

即使身為神使已見多了各種光怪陸離，柯維安目睹四樓走廊上那一幕之際，也差點喊出聲。

金髮碧眼或是藍眼、雪白的臉頰和紅通通的嘴唇；身上衣物繁複，縐褶層層疊疊猶如花瓣。

擁有這些元素的洋娃娃在平常時候會讓人覺得精美，像是一件件藝術品。

然而當它們在夜裡驟然出現在一間廢棄學校的大樓走廊上，還是以怪異的方式懸浮在空中，那麼就只令人感受到滿滿的毛骨悚然。

柯維安及時控制了自己，沒讓聲音衝出嘴巴，但追上來的人就沒辦法了。

惠窈和左柚發出了抽氣聲，後者忍不住摀著嘴，美麗的臉蛋染上蒼白。

緊接而來的是劃破麗澤樓四樓的年糕的尖叫聲，在闃黑的夜裡顯得格外淒厲。她雙腿一軟，整個人往夏川身上靠，瞠大的雙眼滿是驚恐。

夏川雖沒像女友反應那麼激烈，但也反射性爆出咒罵，「我靠！這什麼鬼東西！」

一票人中，反應最平淡無波的只有秋冬語。

她亮黑的眼珠子直直注視那些在夜晚顯得嚇人的洋娃娃，瓷白的面容上找不出一絲情緒起伏。

秋冬語放下本想從包裡拿出的飯糰，越過眾人逕自往前走。

「小語？」柯維安一訝，忍不住喊出聲。

「喂！妳要幹什麼？還不快點回來！」年糕緊緊抓著夏川的手，焦急地在後面叫道：「萬一有危險怎麼辦！」

就連最早僵硬原地的阿橋也像猛然回過神，伸手想抓住對方肩膀，「妳別亂來！」

秋冬語就像背後有眼睛一樣，身子微微一閃，輕易地讓阿橋的手撲了一個空。

那些洋娃娃飄浮在四樓走廊中間，彷如一堵障礙物，阻止夜遊團通往末端的教室。

秋冬語步子邁得大，一下便來到了洋娃娃面前。她舉起洋傘，將傘尖往其中一個娃娃的頭頂上方勾扯。

秋冬語再將手電筒往上一照，「有……線。」

「什麼？她在說什麼？」隔了段距離，秋冬語音量又不大，年糕急忙扯著夏川問。

「她是不是說……」左柚語帶遲疑，「有線？」

接下來秋冬語的動作簡單粗暴，她把每一個洋娃娃都拉扯下來，扔在了地板上。

這時候其他人也發現到洋娃娃身上的祕密了。

「這是……」阿橋大步邁前，試探地碰了碰一個洋娃娃，娃娃沒有任何反應，更別說像恐怖片中會跳起來，或發出怪異的笑聲。

阿橋提得高高的一顆心隨即放下，他將洋娃娃整隻提起，另一隻手往它頭頂一摸，拉出了一條細線。

「真的是線！」阿橋對還在原地的幾人大喊。

「線？所以這些東西……都是用線固定起來的？」夏川拉著年糕一同上前，跟著檢查起其他洋娃娃。

果不其然，在它們身上都找到了幾條不細察就會忽略的細線。

「啊，結果是線啊……」柯維安不知該鬆口氣還是該失落，畢竟他還是挺喜歡一些超自然、不可思議的東西。

當然，前提是那些東西不會造成傷害。

「釣魚線嗎？好像又不太像……」左柚蹲下身，仔細看著纏綁在娃娃身上的細線。

「如果是釣魚線，我還比較希望這些線綁的是魚，而不是這些不能吃的東西。」惠窈小聲地碎碎唸，難以抑制的失望如潮水湧了上來。

秋冬語耳尖地聽見，往惠窈身邊靠近，「魚，我有。」

「什麼？真的嗎？真的嗎？」惠窈眼睛一亮，看秋冬語像在看救世主，「可以吃的那種嗎？」

「嗯……」秋冬語掏出她特意準備的飯糰，將寫著字的那面包裝對向惠窈，「鮭魚烤飯糰，好吃。」

惠窈眼巴巴地瞅著秋冬語瞧，像是渴望主人餵食的小狗狗。

然後秋冬語慢條斯理地剝下飯糰外包裝，毫不猶豫地往自己嘴裡一送。

惠窈大受打擊，整個人像枯萎的小草，連眼底的光都跟著暗下了。

「想從小語口中搶走飯糰，你真的想太美了，學弟。」柯維安湊近惠窈旁邊，拍拍他的肩膀，要他看開點。

只要跟飯糰有關，誰都別想跟秋冬語爭奪。

這邊三人組展開只有他們自己聽見的對談，另一邊的年糕也漸漸從最初的驚嚇中緩過來。

確認所有洋娃娃都是人爲刻意布置在走廊上，她鬆開抓著男友的手，猛地站直身子，艷麗的臉孔浮上忿忿。

「欸，你！」年糕氣急敗壞地逼近阿橋，一雙眼睛像要噴出火，「是不是你故意弄的？就是想嚇唬我們！」

「什……什麼？」阿橋錯愕地看著氣勢洶洶的年糕，似乎被她的指責弄得懵了，一時說不出話來。

這反應落在年糕眼裡，只認爲對方是心虛了。

「你這人會不會太超過！我們參加夜遊可不是花錢來被你嚇的！」年糕說起話來像機關槍，字句如連珠砲不斷射出，「如果要被人嚇，那我們去鬼屋不就好了，幹嘛還跑來這種鳥不生蛋的地方！」

「年糕妳別太激動……」夏川忙著安撫發飆的女友，可投向阿橋的目光也流露幾分不滿。

顯然他也認定走廊上的洋娃娃機關都是阿橋特意事先布置，故意要讓夜遊團的人受到驚嚇。

阿橋終於回過神，尋回發聲能力。他瞪大了眼，看上去也被挑起情緒了，「你們在胡說八道什麼？我幹嘛做這種事？我剛剛也被嚇到了啊！」

「誰知道你是真的被嚇到還是假的？」年糕語速飛快，甜軟的聲音也拔得尖銳，「除了你還會有誰做這種事？難道你要告訴我，真的有個無聊人吃飽太閒，跑來一間荒廢的學校裡把這些洋娃娃綁在空中⁉」

「不然呢？」阿橋火氣跟著高升，音量也不自覺放大，「我是帶人夜遊的，逛廢墟就是我們團的宗旨，我沒事搞這些無聊事能有什麼好處？要是把團員嚇跑了給我負評，倒楣的還不是我自己嗎？」

「年糕，別這樣！」夏川趕緊將盛怒的女友拉至自己身邊，開始覺得阿橋的說法也有幾分道理。

假如讓團員知道團主故意弄機關嚇人，那只會爲他帶來不好的評價，久之便不會有人想跟他帶的團了。

夏川不認爲阿橋會做出這種自砸招牌的事。

「你是站我還是站他？」年糕的砲火轉向自家男友，但更多的是她因爲先前的反應感到丟臉而遷怒。

「好啦，冷靜一些……既然都付錢了，就把夜遊的路線走完嘛。」夏川使出渾身解數，好平息年糕的火氣，「而且妳看，其他人應該也想繼續走吧。」

提到現場還有其他人，年糕果然稍微冷靜下來。她閉上嘴，不再與阿橋爭執不休，但看向他的眼神還是惡狠狠的。

「走吧走吧，我們趕緊往前走吧。」夏川也怕引起其他成員不滿，拚命朝阿橋使著眼色，同時不忘拉住年糕的手，避免她隨時再次暴衝。

阿橋也記起自己還在帶團，他做了個深呼吸，不再看向年糕和夏川，轉朝柯維安幾人道歉，「剛剛真的很不好意思，不過我可以跟你們保證，那些洋娃娃絕對與我無關……如果沒問題的話，我們就繼續往前走吧。」

沒人對此有意見，就連年糕雖然還是臭著一張臉，但也乖乖地跟上了夏川的腳步。沒了洋娃娃的阻礙，眾人順利穿過四樓走廊，猶掛著班牌的116教室就在眼前。

「等等。」年糕霍地又出聲了，「這次讓我們先進去。」

阿橋準備靠近教室門口的腳步一頓，他皺皺眉，覺得年糕簡直是不停在找麻煩。但思及先前才在團員前和年糕起了爭執，如果再引起一波，他這個團主形象在他們眼中恐怕要一落千丈。

他忍耐地捏捏眉心，再轉過身時表情已經回復平和。他主動往後退了幾步，把通道讓給夏川和年糕。

年糕也不客氣，拉著夏川大步往前走，率先走至116的教室裡。

年糕本來以爲經歷過剛才的低級惡作劇，就算這間教室又布置了什麼小機關，肯定不會再嚇到她。

教室裡自然不會有任何光源，而外面夜色深沉，還有瘋長的植物遮擋，就連月光也被徹底阻擋在外。

這個空間可謂暗得伸手不見五指，黑暗濃烈得像要凝聚爲實體，猶如有未知的龐然大物盤踞在其中。

直到年糕的手電筒光線從門口方向射入，像是一道亮白的閃電貫穿了室內。

年糕挺著胸脯，臉上擺出強硬的表情，果決地踏入那片只被驅離部分黑暗的空間。

她握著手電筒，習慣性地先往前面掃一圈——一個髒兮兮，而且桌椅還東倒西歪的教室。

她驀地又想到阿橋特地提到這間教室裝有吊扇，手電筒頓時下意識往上面照。

——照出了懸掛在吊扇下的三道人影。

第九章

蒼白的手電筒光束映亮了破舊的衣裙，將上頭沾染到的暗褐色污漬也照得一清二楚，乍看下就好像覆上了大片血漬。

過大的衝擊讓年糕腦袋剎那間一片空白，手電筒照射的角度僵住不動，正好讓慢她一、兩步進來的夏川撞個正著。

夏川瞳孔收縮，臉上表情控制不住地扭曲成駭恐。當他意識到有人吊在裡面，還不只一個的時候，他大叫著靠靠靠靠，邊扯住傻在原地的年糕，跌跌撞撞地往教室外跑。

這番騷動馬上讓還在走廊上的眾人知道事情不對。

阿橋則是以爲這對情侶又在搞什麼把戲，眉頭像要打成死結，但還是耐著性子走近他倆。

「怎麼了，不會又要說我在裡面布置什麼無聊小機關了吧？」阿橋走向幾乎狼狽跌坐在地的情侶，詢問裡帶著一些壓不下的諷刺。

年糕的表情依然空白，眼神發直。

夏川也好不到哪裡去，他口中發出不成調的呻吟，手指比著教室裡，整張臉一片慘白，彷如見到什麼恐怖之物。

「裡、裡、裡……」夏川顫著聲，冷汗淌濕了他的後背，讓他如墜寒冬，手腳的血液也像跟著瞬間被抽離。

下一秒阿橋聽見左柚發出了短促的抽氣聲，緊接而來的是柯維安的喊聲自教室內傳出。

「那個，團主！你要不要進來看一下？」

「究竟是發生什麼……」阿橋最末的幾字斷在嘴裡。

柯維安扭過頭，毫不意外見到阿橋呆若木雞的身影。

事實上，他們剛一走進教室也差不多同樣反應。要不是他是能聞得到鬼味的體質，第一時間只怕也要以為撞鬼了。

但不管怎麼說，眼下場景真的太詭異了。

在多支手電筒的映照下，三件破舊且布滿大片褐漬的衣裙就吊在吊扇底下，隨著從窗外吹進的晚風不時輕輕擺晃。

對，吊在教室裡的不是三個人……而是三件衣物。

猛一看去，確實會以爲有三個女人垂吊在教室中。

除了跌坐在外面走廊的夏川和年糕，夜遊團的幾人都站在116教室裡。

氣氛死寂，空氣就像凝固了一樣，直到阿橋結結巴巴的問句驀地落下。

「這、這又是……怎麼回事？爲什麼……」

阿橋看起來快昏過去了，他臉色刷白，似乎難以明白今夜的行程爲何一波三折。

先是洋娃娃被線吊綁在走廊上，現在又有三件髒兮兮的衣裙用衣架掛在吊扇底。

最初的驚嚇過後，如今在充足的光線照耀下，眾人都能看清那三件衣服是用衣架撐起，勾吊在吊扇底下的。

從款式來看，疑似是某所學校的制服。

可是……又是誰這麼做的？

還沒等到有人將這問題問出來，阿橋已先極力爲自己伸冤，「絕對不是我！我眞的不知道爲什麼教室裡會出現這個！」

「我們……要把那三件衣服拿下來嗎？」左柚摀著胸口，像在安撫自己還未平復的心跳，「萬一要是再有誰跑來這裡，不小心看到的話……」

其餘人都能明白左柚的擔心。

這三件吊在教室裡的制服實在太容易讓人誤會了。

秋冬語最先採取行動，她三兩下吃完自己的飯糰，舉起隨身攜帶的洋傘，利用倒勾狀的傘柄逐一將上面的制服撈下來。

「你們在幹嘛？還不快點出來！」夏川見眾人還待在教室，忍不住急急催促。

柯維安扭頭喊道：「沒事！不知道誰把制服掛在吊扇下，不是真的有人在裡面！」

「咦？」夏川愣住，一時像沒辦法理解柯維安話裡的意思。

「不是……真的人？」年糕卻是回過神了，她眼裡空洞褪去，取而代之的是急劇攀升的怒火。

從驚駭中脫離的年糕終於有辦法冷靜思考，柯維安說的話更讓她明白眼下的狀況。

教室裡沒有女人上吊，只是有人故意掛了衣服。

年糕捏緊手電筒，巨大的怒氣支撐起她原本發軟的雙腿，讓她憋著一口氣再次衝進了教室裡。

「是不是又是你搞的！」年糕簡直要氣瘋，再也顧不得現場還有其他人，歇斯底里的怒焰全都朝阿橋發洩過去，「肯定是你！你這個王八蛋！你辦這什麼爛夜遊團，我回去一定要上網曬你！你還得退錢，不退的話我就讓你吃不完兜著走——」

年糕的尖喊才剛砸下，116教室牆角處的音箱突然發出了「嘰——」的尖銳高音。

這一聲把怒火中燒的年糕嚇住了，就連遭受針對的阿橋也猛地抬頭向上看。

「是不是有什麼聲音？」恢復力氣的夏川連忙探頭進來，見所有人都盯著同個方向，他下意識地看過去，發現那是校內廣播用的音箱。

但是……聲音不可能從那裡發出來吧。

夏川茫然想著，目光傻傻地盯著音箱不放。這間學校早就因為廢校而斷水斷電了，再怎樣也不可能……

就像要打擊他心中所想，下一剎那，位在牆角上方的音箱再次傳出高頻的聲音，就好像兩支麥克風湊一起，產生了令人不適的尖音。

接著音箱又冒出「沙沙沙」的雜訊音，同時還有一道模糊話聲夾雜其中。

起初沒人發覺，直到那道說話聲越來越大，清楚地進入每一人耳內。

「開始……開始……」聽不出性別、年紀的粗嘎聲音重覆著同一字詞，像是唱片不斷跳針，「開始……」

「喂，年糕……我們還是別玩了，直接閃人吧。」夏川頭皮發麻，直覺狀況不對，心裡退怯，拉著年糕的手就想撤出教室。

年糕卻固執地不肯走，她雙腳用力，不讓夏川把自己拉離，美目逞強地直視阿橋。

「這、這種小把戲，只要有同夥，再弄個小發電機……」年糕越說越篤定自己的猜想，「他一定有同伴事先躲進學校裡了！」

「妳瘋了嗎？我幹嘛做這種事！」阿橋難以置信地大叫，「我看是妳這瘋女人的腦袋有洞吧！這怎麼看都不可能跟我有……」

「噓。」左柚倏地打斷阿橋的斥罵，「你們聽……好像出現別的字了，不只是『開始』而已。」

眾人反射性屏息聆聽，還真的聽見了不同的字詞。

那道不知是誰的聲音在說：「開始……開始……開始抓……」

還沒等大夥弄明白究竟是要開始抓什麼，這次換秋冬語出聲了。

「制服裡……有東西。」

「學姊，妳說制服裡有東西？哪裡的制……」惠窈離秋冬語最近，沒錯過那幽細的話聲，他困惑地將對方的話重覆了一遍，隨即反應過來，「地上的！」

多雙眼睛立刻往地面一看，手電筒的光束也跟著轉去，將三件髒污衣物照亮。

在明亮的手電筒光下，所有人都瞧見三件制服底下好似有東西蠕動，撐起了薄薄的布料。

這怪異的場景嚇得眾人不禁退了一步。

而就在這一瞬間，衣服整個膨起。領口、袖口、裙襬……凡是有洞之處，都竄出了大量白絲，轉眼纏捲成手腳的形狀，最末則是完成頭顱的輪廓。

前一刻還躺在地板的制服，這一秒像是被三個白色人形穿上。

就算年糕再如何深信不疑先前都是阿橋和同伴策劃出來的，可眼下這一幕，她再也無法說服自己依舊與阿橋有關。

「開始抓——獵物！」

隨著那道粗嘎聲音發出高亢的大笑，立在教室中間的人形如同被注入生命力，它們動起來了。

起初動作還有些僵硬，像是久未上油潤滑的機器人。可幾個擺動後，它們的舉止看起來就和一般人同樣靈活。

柯維安腦中警報瘋狂作響，「跑」字還在他的舌尖，團主阿橋先聲嘶力竭地大吼。

「大家快逃！」

「呀啊啊啊啊——」年糕搖搖欲墜的理智線同時斷裂，不用夏川拉著她，自己就連滾帶爬地往門口方向衝。

一個白色人形馬上四肢趴地，像隻變異的大蜘蛛飛快追在夏川和年糕身後。剩下的兩個白色人形則盯住了退到教室另一扇門邊的柯維安等人。

它們搖搖晃晃地往前走，然後下一秒突然如同野獸躍起，顯然打算一口氣撲擊所有人。

「我們分開逃！左柚我保護妳！」阿橋一喊完就強勢抓過身邊人的手，不再看向其他人便奪門而出。

「小語妳顧好她！」柯維安哪可能會讓頭號嫌疑人消失在自己視野內，馬上拔腿追了上去。

秋冬語二話不說地拉住柯維安留給她的人往另一邊跑。

兩個白色人形見目標逃逸，立即急起直追。

一人緊追柯維安他們跑走的方向而去，餘下的一人原本要針對秋冬語這邊，然而它往前跑了幾步又猛地煞住。

明明是用白絲構成的人形物體，卻仿人般出現了一絲躊躇，像有某個原因讓它裹足不前。

片刻後，它果斷地轉身加入同伴的追擊行列，就好像它沒看見停在走廊另一端的兩名美麗少女。

見敵人放棄攻擊，秋冬語慢慢放下了當成劍刃直指前方的洋傘。

她回過頭，鼻尖冷不防往另一人方向湊近，一雙猶如玻璃珠的眼睛映出對方嬌美的面容。

被留下的左柚像是被對方突來的舉動嚇了一跳，忍不住往後退了一、兩步。

「怎麼……怎麼了嗎？」左柚蹙攏著眉，擔憂地問。

「妳剛剛聞起來……」秋冬語又恢復筆挺的站姿，黑亮的眼珠瞬也不瞬地凝望著左柚，「味道不太對……跟老大的味道有點接近。」

這沒頭沒尾的話卻讓左柚一訝，接著緩緩地笑開來，曾經展露在他人面前的柔弱驚惶這時全都消失無蹤。

這名金褐長髮少女依舊美得像朵花，可不再須要人呵護，而是蘊含著堅定的力量。

假如柯維安這時候在場，一定會震驚得蹦跳起來，認出左柚原來不是人類。

人類身上壓根不會有妖氣！

但此時站在左柚面前的是秋冬語。

縱使察覺到左柚是故意偽裝成人類，她的臉上仍是古井無波，平靜地與她對視。

「妳的氣味也和人類不太一樣呢。」左柚微笑地說道：「叔叔說的果然沒錯。」

秋冬語沒有花上太久就把自己口中的「老大」和左柚提及的「叔叔」串聯起來。

「老大，是妳的叔叔？」就像碎石落進水池，秋冬語眼中總算浮現一絲驚奇的漣漪，「來繁星市的客人是妳？」

「對，但我只是沒想到會這麼剛好。我們現在要去幫妳的朋友嗎？」左柚柔聲問。

「小柯他們應付得來……我的任務是，保護妳。」秋冬語對自己的兩名同伴有信心，「如果眞的不對，小柯會用盡力氣尖叫……到時再去英雄救美就可以……」

「既然如此，那妳願意跟我先去救別的美嗎？」左柚雙手合十，俏皮一笑，「我想另外兩個人會需要我們的。」

「呼……呼……呼……」

粗重的喘氣聲迴盪在走廊間，夏川緊抓著年糕的手，倉皇失措地往前狂奔。

他也無暇去辨認他們如今是在幾樓，只要看到往下的樓梯就是一心一意朝那裡去。

年糕的呼吸聲比夏川還要來得沉重，她穿的是短跟靴，稍微小跑還可以，但像這樣瘋狂奔跑對她的雙腳帶來了不小負擔。

可年糕不敢喊停，出汗的手將夏川的手抓得更緊，甚至巴不得希望有繩子可以將他們的兩隻手綁在一起，如此一來就不用擔心誰不小心滑開了手。

年糕感覺自己的肺灼燙得像要爆炸，腰側因爲激烈的運動而傳出陣陣抽痛。她眼中噙著害怕的淚水，甚至不敢去想其他夜遊團成員如今怎樣了。

那是什麼……方才他們在116教室裡看到的，究竟是什麼！

這不是普通的夜遊嗎？

這裡不是從來沒發生過死亡事件的旭日高中嗎？

爲什麼……會出現那種可怕的存在啊！

年糕緊咬著嘴唇，把哽咽聲用力吞下，她拚命邁著漸漸感到疲軟的雙腳，就怕自己跟不上夏川的腳步。

突然間，夏川看到前方樓梯間有白影閃過。他的瞳孔收縮，急忙一個緊急煞車，後頭來不及停下的年糕只能一頭撞上他的背。

年糕的牙齒磕到了嘴唇，咬破唇瓣，鐵鏽般的血味快速在口腔裡擴散，疼痛跟著傳至她的大腦，蓄在眼眶裡的淚珠頓時落下。

她還來不及弄清楚是發生什麼事，手臂就傳來一陣強力的拉扯，同時夏川滲出恐慌的聲音響起。

「快！快找地方躲起來！」

夏川抓著年糕直接衝進了離他們最近的一間教室，裡頭和116教室相似，桌椅橫倒，窗戶有的完整、有的破損。

夏川焦慮地用手電筒掃射一圈，在講台和掃除用具櫃兩邊猶豫了一下，最後選擇了有櫃門遮擋的後者。

「怎麼……阿夏，怎麼回事？」年糕慌得快哭了。

「噓，小聲。」夏川拉著年糕往掃除用具櫃跑，他拉開保持完好的櫃門，此時也無法顧及裡面堆積多少灰塵了，動作粗魯地將年糕往裡面推。

要是換作平常，年糕早就大聲抱怨，她才不想進去又髒又黑還窄小的空間。

可是年糕沒忘記先前夏川流露的驚懼，好似他看到了某種駭人之物。她反射性就想到那些套著制服、像是用白色絲線紮出的古怪人形，寒意竄上她的後背，同時也驅使她快速地爬進櫃裡，縮著手腳，空出位置給夏川。

兩個年輕人很快藏入了掃除用具櫃中，他們關掉手電筒，放輕呼吸，摀著嘴巴，大睜的眼睛裡難掩驚慌。

年糕的眼中還有著疑問，她想問夏川是不是看見白色人形。可是之前追著他們的那隻……不是應該在他們身後的那個方向嗎？

年糕心頭重重一顫，一個猜想浮上她的腦海，也讓她的心臟如同被一隻無形大手用力掐住。

除非，除非阿夏在前面也看到了……

夏川用力握著年糕的手，兩人的掌心都因緊張而瘋狂出汗。

年糕覺得夏川猛烈的心跳聲像透過他們交握的手掌傳來，可緊接著，她的耳中眞的捕捉到貨眞價實的聲響。

從外面傳來的。

啪、啪……聽起來像是腳步聲。

年糕與夏川面露驚悸，緊閉著嘴巴，動也不敢動一下，就怕製造出任何聲音。

掃除用具櫃的櫃門邊緣裂了一小道開口，正好就在年糕眼前。只不過教室內一片黑黝，就算她用力到眼睛都痛了，還是難以辨認出教室內有什麼異狀。

年糕雙眼酸澀，忍不住閉了下眼。當她再睜開時，櫃門裂口中出現的景象讓她險些倒抽口氣。

幸好她的手還牢牢地覆蓋在嘴巴上，沒有讓抽氣聲外逸出來。

年糕總算知道夏川方才看見什麼了。

是穿著髒污制服的白色人形。

那一根根細密的白絲自帶微光，在濃沉的幽暗中自然成為最顯目的存在。

夏川的方向看不見櫃外動靜，可依舊能聽到白色人形發出的聲響。他戰戰兢兢地朝年糕投去一眼，獲得對方害怕的點頭。

年糕不敢亂動，雙眼眨也不敢眨，瞠大的眼瞳爬上血絲，看見從教室的另一扇門又進來一個白色人形。

從方向來看，應是之前追著他們跑的那個。

年糕記得白色人形有三個。兩個已經跑來這了，是因為夜遊團的其他人成功逃掉，還是說他們已經……

年糕越想越怕，要不是顧忌著外面還有白色人形，她恐怕要抽噎出聲了。

但或許運氣還是站在他們這邊的，兩個白色人形在教室內晃了一圈，期間還湊到一起，那模樣像在交流，只不過櫃內的兩人都沒聽見它們說話。

最先進來的那個白色人形似乎放棄了，它伏下身子，四肢著地，像隻大蜘蛛般爬走。

剩下的那個還在教室內晃來晃去，它的活動區域逐漸遠離年糕能見的視線範圍。她不禁心裡著急，將眼睛更貼向了櫃門上的裂口。

什麼也沒看到。

是……離開了嗎？

年糕心中不確定，畢竟她沒辦法看見完整教室，倘若白色人形還在另外半邊，她根本不會知曉。

年糕和夏川只能豎直耳朵，深怕漏掉一絲響動。

教室裡安安靜靜，彷彿針落可聞。

兩名年輕人不敢貿然行動，他們又窩在掃除用具櫃裡好一段時間，直到雙腳都發麻了、摀在嘴上的手也發痠了，外邊依然沒有絲毫動靜。

年糕與夏川對視一眼，慢慢鬆開手，由夏川小心翼翼地先推開櫃門一條縫。

還是黑漆漆的一片。

年糕也將自己那邊的櫃門往外推，納入眼中的仍然是不見五指的黑暗。

沒有白色人形的蹤跡。

夏川和年糕頓時湧上一股劫後餘生的激動，他們相信白色人形是真的離開了，否則他們一眼就能看見對方發出的微光。

沒錯，就像是從櫃子上方灑落下來的——

白色人形的半截身子從掃除用具櫃上彎下來，垂掛在櫃門外的純白腦袋與他們視線對個正著。

夏川和年糕雙眼發直，全身血液倒流，心臟停跳一拍，緊繃的神經在這一刻「啪」地斷裂，一同切斷的還有他們的意識。

夏川和年糕就這麼生生地被嚇暈過去。

守株待兔成功的白色人形慢慢爬下來，它一手拽住一人的領口，將櫃裡的小情侶拉出來。

它低頭先湊近夏川，像在端詳，接著就把手上的年輕男人往地板一扔。它再轉頭湊向年糕，滿意地點點頭，改將人打橫抱起。

準備將獵物帶回去交差的白色人形怎樣也沒預料到，自己剛一轉身，一抹疾速的紫影已經逼來。

像把最鋒銳的利刃，「唰」地劃過了它的頸項。

那顆由白絲纏成的腦袋往下墜落的同時，制服領口處驀地飛竄出數十道極小黑影。

它們速度奇快無比，眼看就要從教室的各個縫隙逃出去，卻沒想到一片絢爛如金花的焰火瞬間平空湧現，毫不留情地將它們全數吞噬殆盡……

□

被秋冬語寄予厚望的柯維安此時正全力追著阿橋跑，他的更後方則是窮追不捨的白色人形。

一行人的腳步聲在空蕩的大樓裡凌亂作響，尤其來到樓梯間時，更是被放大數倍。

「啪噠啪噠」的迴響像驚雷撼動著聽覺神經，讓人忍不住神經緊繃，心跳加速。

柯維安這時無比慶幸自己是個神使，還有點爆發力可以維持這段奔跑，否則早就上氣不接下氣，喘得像條狗，更不用說緊追在阿橋身後了。

柯維安在追人與被追的過程中，一路來到了一樓外。手電筒早就被他嫌礙事地塞回包裡，反正籠罩校園的濃濃夜色並不影響他視物。

柯維安瞥了一眼後方，那個白色人形依舊沒有放棄追捕，簡直像條甩不掉的尾巴。

柯維安彈了下舌尖，確認依照目前的路線，一時的分心不會讓自己跟丟阿橋，便猛地煞住腳步，俐落地從包裡掏出筆電，以最短時間抽出自己的武器。

柯維安一握住巨大的金耀毛筆，馬上筆尖往地面橫掃，緊接著是一串行雲流水的筆畫勾勒成形。

剎那間，地面暴出了一片金光，成爲一堵堅硬的障壁，橫立在柯維安與白色人形之間。

來不及停住身勢的白色人形直接撞上金壁，過大的反彈力道甚至讓它一屁股跌坐地上。

柯維安沒再多看對方一眼，他知道接下來一段時間無論白色人形如何用力，都突破不了那面由金光架設出的長長高牆。

暫時解決了鍥而不捨的敵人，柯維安手上毛筆化成金燦光點，環繞至他的手腕，成爲手環般的存在。

他一抬頭，果然還來得及捕捉到阿橋二人一閃而逝的背影。

「眞的……有夠會跑的啊！」柯維安喘口氣，卯足力氣再次往前疾奔。他手腳擺動得飛快，覺得自己大概把一禮拜的運動量都用到這了。等事情結束後，他一定要大睡特睡，好好休養身心。

柯維安保持著一定的距離，不讓自己超車至阿橋前方，他想知道阿橋打算拉著人跑去哪裡。

又或者，阿橋想對那人做出什麼事？

柯維安記得清楚，五名受訪者都提過她們受驚逃竄時，都是阿橋拉著她們一起逃，然後她們就像少了部分記憶，突然失去意識，再醒來時已不見阿橋蹤影。

由於阿橋事後都有回頭尋人，因此受訪者們沒有懷疑過他，自然也不會把自己昏迷的事與他聯想在一起。

但柯維安敢用惠窈他爸的頭髮發誓，阿橋在這當中一定有做什麼手腳，讓那幾名女性昏了過去。

萬一他猜錯，那就讓惠先生的頭髮長不出來吧！

也許是隨便拿別人的頭髮亂發誓，柯維安在追逐途中忽地鼻子一癢，頓時忍不住打了一個大噴嚏。

「哈啾！」

響亮的聲音馬上引起前方人的注意。

抓著「左柚」埋頭逃跑的阿橋反射性回頭，發現打噴嚏的人是柯維安之前，先被自己身後的人嚇得瞪大眼，不敢置信的呼喊脫口而出，手也像被燙到般急遽收回。

「妳不是左柚！」

「是喔，我是小惠。」惠窈笑得甜美可人。既然都被發現了，那他也用不著一聲不吭地跟著阿橋跑了。

「為什麼……妳、妳……」阿橋目瞪口呆，無數質問來到嘴邊，卻又打結成一團，讓他一時無法順利組織出完整句子。

見前方兩人停下，柯維安也不跑了。他大口大口地吸著氣，由衷希望阿橋如果要做什麼事就趕緊動手。

再多來幾次這種持久的你追我跑，他的爆發力也快續航不下去了。

看著阿橋的一臉震驚，惠竅倒是很平靜，「你是想問你不是拉著左柚跑嗎？怎麼突然變成我跟著你跑了？」

阿橋大力點頭，他明明記得當時左柚就在他旁邊，他抓的人照理說也該是……

「很簡單，就你抓錯人了啊。」惠竅聳聳肩膀，不打算說出眞相。

當時阿橋要抓住左柚的剎那間，惠竅一把拉過左柚，飛也似地與對方換了位置。教室裡昏暗又一團混亂，也難怪阿橋完全沒察覺到自己抓到的其實是另一人。

當然，倘若路上阿橋有回頭的話，就能馬上發現不對勁，可惜他沒有。

阿橋顯然也想到這點，臉上閃過瞬間懊悔。

這點情緒被柯維安與惠竅捕捉到了，他們飛速交換一記眼神，更加肯定阿橋絕對有問題。

否則依照一般人的想法，頂多只會吃驚自己拉錯人，而阿橋表現出來的態度，更像是……

「錯失了一個億之類的？」柯維安和惠窈咬著耳朵。

「咦？不是錯失一百份鬆餅嗎？」惠窈詫異地反問。

柯維安覺得再怎樣也不會像惠窈講的。但無論是哪個，阿橋對左柚懷有企圖都是不爭的事實。

驀地柯維安瞇起眼睛，留意到阿橋的一隻手又出現古怪的抖動。

這已經不是柯維安第一次見到了。他飛快回想，從記憶裡找出幾幅畫面：最早與左柚握手的時候、夜遊中途阿橋想要將左柚拉到最前面，然後是現在……

左柚和惠窈有什麼共通點？

都長得漂亮……還有呢？還有什麼？

不僅柯維安注意到阿橋的異狀，惠窈也看見那隻抖個不停、活像病症發作的手。

「你的手還好嗎？」惠窈作勢一個箭步上前，想要拉起阿橋的右手。後者卻像是碰到毒蛇猛獸般，猛地後退一大步，手也藏在了背後。

「沒、沒事！」阿橋大聲否認，「我只是……我只是過度焦慮的時候會這樣！我們現在……」

阿橋雙眼倏然瞪圓，露出驚恐的表情瞪向柯維安二人後方。

柯維安與惠窈即刻扭頭，穿著髒舊制服的白色人形踉踉蹌蹌地朝他們這方跑來了。

「不是吧！」柯維安吸口氣，他之前設下的障礙應該可以擋上好一陣子的，敵人到底是怎麼有辦法突破那面金牆，總不可能是用飛……

「啊靠！」柯維安用力一拍額頭，找出自己疏忽的點了。

白色人形不用會飛，它只要可以爬上金牆，再從頂端翻過來就好。

他的障礙忘記加蓋了！

無論柯維安如何扼腕，也改變不了現今發生的事，只能看著白色人形繼續以歪七扭八的走路姿勢往前行動。

「那個東西又來了！快！快跑！」阿橋猛然回過神，再次抓住惠窈的手，拉著人就往前大步飛奔。

「學長！」惠窈連忙喊了一聲。

還在觀察白色人形的柯維安也連忙回頭，拔腿追上，心裡則是思索著敵方的異樣。

那個白色人形的速度和動作，與之前在大樓裡看到的靈活截然不同，猶如關節生鏽的機器人，行走間明顯地慢了下來。

柯維安不由得猜想，再過一會，白色人形是不是眞的就失去行動能力了？可惜眼下還是阿橋的目的更爲重要，他只好放棄留下來靜觀其變的念頭，追在阿橋與惠窈身後時，冷不防竟聽見一句咕噥從前方飄過來。

「居然那麼快就沒力，看樣子還得我自己來……該死的，我可不擅長重勞動啊……」

話聲太過細微，一下就飄散於晚風當中。假使柯維安只是普通人，恐怕難以捕捉得到，但他不是。

惠窈同時飛快扭頭，他與柯維安對視了一眼，顯然也聽見了。

分別身爲妖怪和神使的他們，五感優於一般人類，才沒有錯過阿橋的喃喃自語。

這下柯維安完全能夠篤定，一切都是阿橋謀劃出來的。白色人形估計相當於阿橋的助手，只是這助手的續航力不夠，看起來隨時會倒下。所以阿橋才得再拉著惠窈繼續跑，將人帶到某個地方。

柯維安腳步不停，思考的速度也沒有放慢，快得像是有無數齒輪在急遽磨擦運轉，逐漸將至今發生的事拼湊出一個大致輪廓。

夜遊團的撞鬼事件內容都差不多，先是出現一些疑似靈異的現象，接著大夥被嚇得四處逃竄。而阿橋往往都是帶著貌美女性一塊逃，然後那些女性在中途便會忽然沒了意識。

根據周麗怡的說法，她們昏過去似乎是一瞬間的事。上一秒明明還清醒，下一秒就不醒人事了。

由此判斷，弄昏人這個動作應該稱不上是阿橋口中提及的重勞動。

柯維安倏地靈光乍現，憶起先前來到旭日高中時，碰到了左柚被那兩隻石虎妖怪綁架的事。

那兩隻妖怪將左柚帶到了康樂館裡的密室。

會特地將人帶到那裡，就表示那地方有著特殊意義。

該不會……阿橋指的重勞動就是把獵物搬到康樂館去？

柯維安的臆測過不久得到了證實。

阿橋看似慌亂地拉著惠窈一路往前跑，在夜幕下左彎右拐，手電筒的光束隨著手臂的擺動上下搖晃，像要將黑夜切割得七零八落。

如果是初到此地、對這地方極爲陌生的人，恐怕早就被弄得暈頭轉向，不知自己身在何方了。

但柯維安早把旭日高中的平面圖背了下來，只要在腦海中勾勒出幾個標的物，就能迅速推斷阿橋實際上是要往何處去。

就是康樂館。

第十章

隨著與康樂館的距離越來越近，這棟偌大的拱形建築物越發像是臥伏在地的巨獸，深幽的室內則宛如一張大嘴，等著獵物自投羅網。

「等等，我們是不是跑錯地方了？不是應該要到校門那邊嗎？」惠窈故作心慌地問，雙腳也停住，拒絕與阿橋再前進，「這裡看起來不是大門啊！」

「沒有，就是往這沒錯！」阿橋手上力道加大，強行將惠窈拉著往前走，「我不會弄錯的，另一個也快跟過來。從這走捷徑，可以最快穿出學校，這是我之前發現的！」

惠窈心中一驚，這人力氣驀然變得好大，除非硬跟對方抗衡，不然還眞不好掙脫。

「原來是捷徑啊，太好了……」柯維安裝出安心的態度，「小惠我們快點走吧。」

「學長都這麼說的話……」惠窈終於不再拒絕，跟著阿橋走進了像是深淵的康樂館內部。

因爲廢校，旭日高中早被斷水斷電多年。即使康樂館裡仍有大型的照明燈架，也不過淪爲了無用的裝飾品。隨著手電筒光束掃晃過去，看起來就像是不知名生物的骨骸。

康樂館的地面是用木板鋪成，踩踏其上聲音很是明顯，在空曠的內部形成了令人不安的迴音。

突然一道淒厲的慘叫劃破了康樂館。

「呀啊啊啊啊啊——」

少女的聲音拉得尖細，瞬間引起在場三人的激烈反應。

「哇啊啊啊啊！」阿橋這次是眞的大叫出聲，臉上的驚恐不再像是演出來的那種浮誇，而是切切實實被嚇到了。

就連柯維安和惠窈也是身子一震，心臟差點被嚇停一秒。

尖叫聲還在持續，一聲接著一聲。

「誰？怎麼回事？這裡難道還有其他人嗎？」阿橋鬆開惠窈的手，忙不迭舉著手電筒朝四周照射。

白光飛速閃動，映亮一處處角落，卻什麼也沒發現到。

還是柯維安驟然反應過來，是他的手機鈴聲在響。他手忙腳亂地從褲子後面口袋抽出手機，本該暗下的螢幕果然正一閃一閃。

少女的尖叫聲沒了布料阻隔後變得更明顯。

當柯維安按下接通，康樂館頓時恢復安靜。

阿橋轉過頭，不敢置信的目光瞪向那名鬈髮男孩，表情甚至有些扭曲了。

惠窈覺得自己可以理解阿橋的心情，哪個正常人會把尖叫設定爲手機鈴聲啊！

「天呀，差點被學長你嚇死了……」惠窈繃緊的雙肩一下放鬆，從眼角瞄見阿橋的手又再抖個不停了。

他微蹙眉，不解阿橋到底是有什麼問題，怎麼手老是在那抖抖抖的。

柯維安沒空回應惠窈的抱怨，他正在聽安萬里說話。

「維安，上次送過去開發部的那三隻妖怪，已經都醒來了。」安萬里也不廢話，直接切入重點。

「咦，醒過來了？不過比我預期的還要久耶，我還以爲只要咻咻咻……馬上就能讓他們恢復。」

「還沒到睡覺時間，你還是別作夢了，小朋友。」安萬里輕笑一聲，「我猜你們還沒把事情搞定。」

「要是搞定我就不會在這聽你廢話了。後面呢？總不會只有他們醒來就沒了吧？」柯維安心急催促。

「他們醒了不久，又昏了。」安萬里投下一顆震撼彈，在柯維安差點尖叫出「你說什麼」的時候，又不疾不徐地補充後續，「但開發部還是查出了一些事。他們的內臟鑽入某種白絲，顯然那就是控制他們的手段。因爲埋得很深，才會耗費比較久的時間，而他們醒來後有透露一個聽起來很關鍵的情報。石虎妖怪說了……」

「你快說！」柯維安幾乎要被安萬里急死了，恨不得能鑽進手機穿到另一邊，抓著安萬里猛力搖晃。

安萬里沒有賣關子，言簡意賅地給出四個字，「小心蜘蛛。」

柯維安愣怔。小心蜘蛛？這什麼意思？該不會這裡還藏著蜘蛛妖？而且安萬里剛還說到了白絲……

電光石火間，穿著破舊制服的白色人形驀地躍出柯維安腦海。

鬈髮男孩瞳孔凝縮。那些白色的絲線，難不成就是蜘蛛絲!?

「只有這樣嗎？喂，好歹再多說一點吧！」柯維安一時忘了控制音量，拔高的嗓音頓時清晰地進入另外兩人耳中，「石虎妖怪就只有說小心蜘蛛而已……啊。」

柯維安驀地閉起嘴巴，慢慢扭過頭，看見惠窈露出「糟糕了」的表情，以及臉上的震驚漸漸轉爲猙獰之色的阿橋。

要命……柯維安內心呻吟一聲，恨不得咬掉自己舌頭，怎麼就一時忘了疑似幕後黑手的阿橋在旁邊呢？

「加油吧，維安。」安萬里從柯維安的反應就能推測出現場發生了什麼事，爲小輩打完氣之後，他俐落地切斷電話。

柯維安也無暇再打回去追問情報，他收起手機，深吸一口氣，「啊，那個啊……剛剛我什麼都沒說。」

「你說了，學長。」惠窈迅速與阿橋拉開距離，一個箭步來到柯維安身邊，「你看他的手又來了。」

柯維安定睛一看，發現惠窈說的沒錯，阿橋的手再次出現異狀。

先前被擱置的推論重新湧上，柯維安瞬間意識到惠窈與左柚的共通點了。

都是漂亮、年輕，而且是女孩子——起碼惠窈的外表的確會讓人誤認是少女。

阿橋的狀況，彷彿是在說年輕女孩像是有毒一樣，才會讓他產生症狀。

這念頭在柯維安心中轉了一圈，須臾就被他先行壓下。

現在比起在意阿橋的手，更重要的是對方接下來會做出的反應。

「我聽見了，石虎妖怪……大花、小花原來是被你們抓走的嗎？你們到底是什麼人！」阿橋也不蠢，由柯維安的隻字片語立刻猜出真相，「你們是故意混進我的夜遊團裡面！」

既然阿橋都不掩飾了，柯維安和惠窈也不再假裝成想來這尋求刺激的學生。

「我們是——愛與正義，路見不平、拔刀相助的美少年與美少女！」柯維安從包包裡抽出筆電，一掀開上蓋，螢幕的冷光立即流洩出來，「然後這是我的心肝寶貝！」

「這種沒必要的情報就不用說了吧。」惠窈吐槽。

「你們……啊啊啊啊啊！」阿橋像是完全被激怒，忽然間拔腿直衝向柯維安二人。

柯維安與惠窈馬上提高警戒，只要阿橋一有不利他們的動作，就會立時動手。

可兩個男孩子無論如何都沒想到，看似氣勢洶洶的阿橋在即將逼近他們之前，猝不及防來了一個大轉彎，竟然直接繞過他們，頭也不回地往康樂館外跑，同時扯著嗓子高聲大喊。

「大人，我把獵物送來了！但他們快逃了，請您快點出來吧！」

什麼!?柯維安兩人大驚，原來那位大人另有其人，阿橋根本不是他們以爲的幕後凶手！

過度的震愕讓兩人錯失了攔下阿橋的最好時機。

他逃得飛快，一下子便衝入康樂館外的濃濃夜色中。

而康樂館的大門在下一秒竟是無風自動，本來敞開的多扇玻璃門「啪啪啪」地全數關起。

寬廣的空間登時變成了封閉式的幽暗牢籠。

「結果我們搞錯人了嗎？」惠窈難以置信。

「嚴格來說，也不算完全搞錯……」柯維安將手電筒夾在腋下，抱著筆電快速地敲打幾下鍵盤，在這個地方即將迎來更大規模的破壞之前，先架設好神使結界，「起碼阿橋是共犯，或者說，手下。惠窈你傳訊給小語，告訴她我們在哪，還有阿橋落跑了。」

構造繁複的金字成串飛起，轉眼間穿過了康樂館的拱形屋頂，直沒夜空。

旭日高中內的景象出現了轉瞬即逝的疊影。

確定結界架設完成，柯維安將筆電塞回包包裡。要是它有什麼損傷，他可是會心疼死的。

「他是妖怪嗎？但我沒聞出來。」惠窈依言發送簡訊給秋冬語，再模仿柯維安握著手電筒往周圍掃射，以防從黑暗裡冷不丁冒出什麼。

淡白的光束不時往左或往右，在黑漆漆的空間裡留下一道道一晃而過的痕跡。

「一個可能是他太會藏妖氣了。一個可能是，他真的就只是……」「人類」兩字還在柯維安舌尖上打轉，空曠的建築物內忽地出現了「沙沙沙」的聲響。

聽起來像是有什麼在快速移動，而且數量眾多。

柯維安與惠窈繃緊神經，不約而同地將手電筒往聲音來源處一照。

隨著白光落下，一片黑影也落入了柯維安他們的眼底。

初看還以為只是一大團黑影，可當柯維安二人再定睛一瞧——

「哇啊啊啊啊啊！」

兩人齊齊慘叫出聲，險些就要因爲過度驚恐而抱在一起尋求依靠。

不能怪他們會有這種反應。

饒是他們見多了各種離奇又不可思議的場景，但目睹一大堆密密麻麻、數也數不清的小蜘蛛如黑海往他們擁來，還是令他們感到頭皮發麻，雞皮疙瘩更是直接排排站。

「小蜘蛛能吃嗎？不，這看了也生不起食欲，根本倒盡胃口啊……學長我們先往外跑吧！」惠窈拉著柯維安一同往後退，然而閉闔的玻璃大門就像被人從外上了鎖，怎樣也打不開。

「這時候你還想吃的？」柯維安將手電筒塞給惠窈，手指往手腕上一抹，繞成環狀的金紋霎時脫離他的皮膚，化成一支與他差不多高的毛筆。

飽滿過多的金墨從筆尖墜落一滴下來，在木頭地板上留下一點金印。

正當柯維安打算毛筆一掃，爲他們兩人畫出一道防護網之際，那些組成黑潮大軍的小蜘蛛驟然全數停下，在他們外圈圍成了一個半圓弧的形狀。

在如此近的距離下，柯維安和惠窈可以將那些小蜘蛛的外貌看得一清二楚。

它們表面覆滿短短的黑色絨毛，個頭不大，一隻大約一枚十元硬幣的大小。

單隻看，還有點像絨毛玩具。可當它們一窩蜂地聚集在一起，簡直像要讓人密集恐懼症發作。

柯維安嘶嘶口水，他自認是不怕蜘蛛的，可看到這麼多數量，他現在只想喊救命。

「惠窈，快用你的火焰！」柯維安催促。

「不行啦。」惠窈連忙搖頭，「我的火還控制得不好，這種大範圍的攻擊，我怕一燒就把我們兩個一起燒了，而且還可能燒出其他味道。」

柯維安完全不想想像那幅場景，他果斷把這個念頭掐熄，屏氣凝神地靜待小蜘蛛群的下一個動作。

對方這時候停下來，而不是繼續往他們靠近，就表示牠們應該還有其他目的。

果不其然，那些小蜘蛛倏然又往兩旁退開，宛如要空出一條通道。

緊接著，所有黑毛小蜘蛛朝空中吐出白絲，細密的絲線在半空縱橫交錯，馬上便交纏在一起。

「這是在……幹嘛？」柯維安著實弄不懂小蜘蛛的意圖。

「照理說不是該噴我們嗎？雖然我一點也不想被那些蜘蛛絲沾到啦……」惠窈也是

看得一頭霧水。唯一能看出來的，就是那些細絲似曾相識，「學長，你看那些蜘蛛絲是不是像……」

「在麗澤樓碰到的白色玩意。」柯維安肯定地說出答案，「我猜制服裡應該藏有小蜘蛛，才有辦法噴出絲。但我不懂的是，牠們現在究竟想……」

柯維安未竟的句子驀然噤了下去，他看見蜘蛛大軍噴出的白絲結成一張白色毯了。雪白的絲線表面還沾著微光，替原本晦暗的空間增添一點光亮。

下一剎那，康樂館中又冒出了新的聲響，只是這次更爲響亮、劇烈。

兩支手電筒即刻往聲響來源照去，隨後柯維安與惠窈紛紛抽了一口氣，他們看見垂著殘破布幔的舞台出現一條條偌大裂痕。

粗大的痕跡就像傷疤一樣，撕開了原先完好的舞台和前方地板。木板跟著一根根翹起，中間裂開的裂口如同一張張大的嘴。

「不是吧……」柯維安喃喃地說，「所以舞台下還藏有東西嗎？」

「學長你那時候不是有進去裡面嗎？沒發現到奇怪的地方？」

「我忙著救人，根本沒分心多看……哇靠！出來了，有東西出來了！」

在柯維安的大呼小叫中，一團龐大身影從裂開的舞台下方慢慢地爬了上來……

最先露出的是一頭銀白色長髮，繼而是未著衣縷的男人上半身。他皮膚蒼白，肌肉線條賞心悅目。

如果只看他的腰部以上，會以爲這是一個身形巨大、外貌俊俏的男人。可當他露出了下半身，柯維安與惠窈同時露出瞠目結舌的表情。

他們終於知道大花、小花說的「小心蜘蛛」是什麼意思。

因爲那名銀髮男人的下半身，竟是蜘蛛圓碩巨大的腹部，上頭還分布著一顆顆像是眼珠的圓形物體。八隻覆著短毛、粗硬尖利的步足，撐起了他整個身子。

「這、這是……」面前的妖怪太有辨識性，這讓同樣身爲妖怪的惠窈一眼就認出對方的種族，「紳士蜘蛛！」

「既然都叫紳士了，那應該很文明，不會用太粗暴的手段對付我們吧？」柯維安不由得抱有一絲期望。

惠窈潑了冷水，「你想太多了，學長。紳士蜘蛛，又被稱爲變態蜘蛛，最喜歡吸取女性的精氣，再將體內的小蜘蛛注入獵物體內，把獵物的內臟全都融解，最後再將變成泥狀的內臟吸出來。」

「噫！聽起來眞的有夠變態！」柯維安露出厭惡的表情。

「無禮又醜陋的人類，不要把我跟那種愚蠢沒品的傢伙放一起。」紳士蜘蛛說話了，他的嗓音低沉帶著迴聲，語氣摻著慍怒，顯然對惠窈與柯維安的說法很不滿，「你們以爲，尊貴高雅又美貌無雙的我，會做出如此醜陋的事嗎？你們會這麼臆測，想必就是因爲你們長得醜，就連心都是醜的！」

「醜？你說誰醜？」惠窈率先不敢置信地高喊，「我這張臉明明那麼好看！」

「就是、就是！」柯維安大力附和，「別說他了，我明明也是個美少年！」

「呵。」紳士蜘蛛發出不屑冷笑，「把『美』拿掉，你最多只夠稱『少年』而已。」

柯維安感覺自己遭受到狠狠打擊。他長這麼大，第一次被人嫌棄長相……噢不是，是被妖怪嫌棄。

惠窈更是氣得渾身發抖，「學長，我要把這隻眼睛瞎了的蜘蛛燒掉！」

「等一下！」柯維安大驚，一把抓住惠窈的手臂，「剛是誰說不會控制火焰的，我

還不想陪你一起當人肉ＢＢＱ啊！拜託你還是換個方式吧！」

紳士蜘蛛沒理會柯維安二人間的爭論，那對他來說就像是吵雜的蚊子嗡嗡聲，況且他也不認爲區區兩個人類有辦法與自己抗衡。

他踩上了小蜘蛛們爲他編出來的白毯，姿態優雅地一步步往前走，拉近了與柯維安和惠窈的距離，同時也將他們的容貌看得更清楚。

突然逼近的黑影讓柯維安二人驀地閉上嘴，仰高頭。在這個距離下，紳士蜘蛛的體型顯得越發龐大，像個三公尺以上的巨人。

紳士蜘蛛還沒有要出手的意思，他瞇細眼，目光毫不客氣地將兩人全身上下打量一遍，然後吐出評論。

「近看就更醜了，那個姓廖的醜猴子居然還覺得你們會符合我的標準？呵呵，怎麼可能，這世界上永遠不可能有人達到我的標準的，畢竟我已經是美的巔峰了。」

惠窈得承認紳士蜘蛛的那張臉長得還算不錯，起碼可以去當偶像明星了。但對方的那張嘴，眞該縫起來。

他還沒看過這麼自戀的妖怪！

柯維安在意的點則是另一個，他沒忽略紳士蜘蛛口中的「醜猴子」，他腦筋一轉，立刻找出對應的對象。

是阿橋！

「阿橋、大花小花，還有那隻熊妖……都是被你操控的嗎？」柯維安暫時將紳士蜘蛛對他長相的侮辱拋到一旁，開始連珠砲地拋出質問，「你都說你跟一般的紳士蜘蛛不一樣，爲什麼還要控制他們去綁架女孩子！」

「阿橋？誰？喔……那個醜猴子啊。」紳士蜘蛛花了好一會才想起，他嘴角勾起輕蔑的弧度，「他們長得那麼難看，只能當我的奴隸了。我的三個奴隸是被你們帶走的嗎？你們可是讓那隻醜猴子氣得半死，沒了能幫他扛獵物的幫手，他只能自己來了。」

「回答我的問題，不然我就要認定你就是普通又沒品的紳士蜘蛛了！」柯維安大聲說。

「這種激將法沒用吧……」惠窈小小聲地說。

結果下一秒紳士蜘蛛果眞勃然大怒，他腹部表面的眼睛一致亮起猩紅的光芒。血色輝芒暈開，將康樂館染上不祥的色彩。

「你居然敢說我沒品？我的品味之高是你們根本無法理解的！像綁架這種醜陋又花力氣的事，當然不能我自己去做。與其浪費我的時間去留意那些長得醜，或稍微沒那麼醜的東西，我爲什麼不把這些時間省下來，好好欣賞我無上的美貌？我只要在我的奴隸體內注入我的小寵物，他們就只能乖乖聽我話。」

與此同時，那些小蜘蛛的眼睛也跟著閃動紅光，像一盞盞紅色小燈泡在地面亮起。

柯維安與惠窈愣住，不約而同想起了女性受害者們的說詞。

——看到了紅色的眼睛。

眼下的這一幕，正好符合她們的說法。

換句話說，他們以爲的瘴並不存在……從頭到尾都是蜘蛛妖的紅眼睛！

「結果是蜘蛛的眼睛嗎……」柯維安喃喃地說。

「就算不是瘴，但還是可以痛揍這傢伙一頓的對吧。」惠窈把手電筒往上一扔，不偏不倚剛好卡在燈架上。水銀白的光線登時從上方灑下，爲他們提供照明，「對著我這張臉，竟然敢說醜……」

「你在意的是這個點喔！」柯維安沒好氣地嚷道。

「難道學長你不在意嗎？他說你不是美少年耶！」

柯維安他……好吧，他確實是該死地在意，但他還有件事想弄清楚。

「紳士蜘蛛，你對那些女孩子做了什麼？你不是說沒人達得到你的標準，但你吸取了她們的精氣吧！」柯維安回想起女性們都說過她們回家後病了幾天，還連續作惡夢，「你是如何吸取的！」

「雖然她們離我的標準還差一截，但將就一下還是勉強可用的。我當然是用我的線戳進去她們肚子裡，你以爲我會戳進她們的嘴巴嗎？」紳士蜘蛛的臉上浮現明顯嫌惡，「誰知道她們有沒有刷牙。」

「呃……我猜她們應該都有？」柯維安不知不覺被帶偏了話題。

「學長你問完了嗎？我可以動手了嗎？」惠窈迫不及待地問。他絕對要讓紳士蜘蛛把之前的話吞回去，然後跪下向他道歉。

柯維安迅速將已知情報整理一番。

總之就是阿橋和石虎妖怪、熊妖都是受到紳士蜘蛛的操控，才會與他狼狽爲奸。

主要由阿橋物色獵物，因此報名夜遊團才得附上照片，挑選的也都是容貌中上的女性。夜遊時故意製造靈異現象，讓人嚇得逃竄後，中途趁機弄昏人，再由妖怪們將獵物搬運至康樂館。等紳士蜘蛛吸完精氣，最後送回麗澤樓裡。

如此一來，那些受害者也只會以爲自己是受到過度驚嚇而短暫昏迷，不會懷疑到阿橋身上。

確認旭日高中撞鬼事件的眞相已然大白，柯維安二話不說地抓著毛筆，跳上了空中的蜘蛛絲毯子。

惠窈也想馬上跟進，可猛然思及自己手上沒有趁手的武器。他彈了下舌，飛快打量周遭一圈，鎖定了另一個大型燈架。

「學長你先上，我稍後！」惠窈拔腿往右，邊跑，手上黑焰平空燃起，像條敏捷的黑蛇疾速咬上了燈架一角。

金屬畢竟不像木頭那麼易燃，惠窈花了一點工夫才讓燈架的一截脫離本體。一握住那根覆著鏽斑的鐵棍，惠窈馬上返身投入戰場，加入柯維安的行列。

面對兩個人類，紳士蜘蛛心不在焉的。他甚至沒多看惠窈一眼，否則他就會察覺到對方壓根不是人類。

直到鬈髮男孩的毛筆畫上了他的一隻腳，金墨在上面留下了艷麗的印記，瞬間傳來一陣烈火燒灼般的疼痛。

紳士蜘蛛第一次收起了漫不經心的神色，連帶也收起了對柯維安二人的蔑視。

「你們不是普通人類。」紳士蜘蛛低沉地說，身上的紅眼越發熾亮，「你們一個有妖氣，一個有讓人討厭的臭味……啊啊，我聞出來了，是神使，是討厭的神明氣味！」

「就說了，我們是愛與正義——」

「敢說我醜，跪著把話給我吞回去吧！」

柯維安的自我介紹才喊到一半就被惠窈截斷。

綠髮少年揮舞著鐵棍，如同一陣迅猛的旋風，眨眼逼近紳士蜘蛛，快狠準地朝著那隻被金墨傷害過的腳用力揮下。

這一擊蓄滿勁道，直把紳士蜘蛛的那隻腳打出了凹痕。

然而紳士蜘蛛畢竟有著八隻腳，即使一隻受創，也無損他的站立，只是大大激發了他的怒氣。

紳士蜘蛛的嘴巴至下頷處忽地往旁裂開，露出眞正的一張大嘴。裡頭兩側布滿參差不齊的尖牙，看上去可怕駭人，紅舌更是轉瞬變得粗長，宛如一條暗紅大蛇。

「很好，你們成功引起我的注意力了。」紳士蜘蛛臉上的雙瞳亮起不祥的幽光，與腹部紅眼相比，那兩顆螢綠眼珠如同燃動的鬼火，「即使你們長得醜不可言，但看在你們引起我注意力的份上，我會勉爲其難地把絲線戳進你們的嘴巴裡。」

「不，也用不著這麼勉強……」柯維安乾笑兩聲，發現紳士蜘蛛抬高了身形，前端的兩隻利足頓時像是鐮刀朝他們凶猛劈下。

他飛快往後退躍，不忘伸手拉還想直衝上前的惠窈一把。

別開玩笑了，從紳士蜘蛛的速度和力道來看，惠窈這一衝，只會被颳起的氣流掀飛出去！

而這時候柯維安必須說，感謝底下的那些小蜘蛛們。靠牠們不斷吐出的絲線，架在半空中的白毯面積越來越大，他們也不至於會掉落在地，和那堆小蜘蛛來個親密接觸。

這絕對是柯維安一點也不想做的事。

兩個男孩在蛛絲白毯上靈活奔跑，躲避紳士蜘蛛迅猛的追擊。

那粗大、幾乎能抵上他們一人寬的步足來勢洶洶，重點是速度還很快。

紳士蜘蛛身軀雖然龐大，但行動起來卻絲毫不遲緩，甚至有時還遠超柯維安和惠窈的速度。

柯維安不禁咂舌，知道這次的敵人與先前碰上的妖怪不一樣。

紳士蜘蛛的實力確實堅強。

如此一來，柯維安也沒太耗費墨水在書寫金字上面。這個手段對弱小的妖怪能發揮最好效果，例如梳梳妖，還有大花、小花……然而對上紳士蜘蛛，效果便會大打折扣。

既然如此，倒不如用最原始的方法，直接以揮灑的金墨攻擊，還能省去寫字時間。

「學長，我們分頭行動！」眼見待在一起只會讓紳士蜘蛛集中火力，惠窈覺得倒不如分散對方的注意力。

他想到就馬上行動，步伐立刻一轉，直奔向紳士蜘蛛的另一端。

果然，紳士蜘蛛出現了剎那的猶豫，似乎在挑選要先對哪邊下手才好，就連他舉高的步足也停頓在半空好幾秒。

而這短短的幾秒，爲柯維安與惠窈爭取到了反擊時間。

柯維安運足力氣，一個高高躍起。那矮小的身軀猶如裝了彈簧，反彈力道將他送至半空，手裡的毛筆也趁勢大力揮甩。

色彩鮮艷奪目的金墨在紳士蜘蛛胸前留下醒目的一筆，飛濺的墨珠還沾到了紳士蜘蛛臉上，瞬間讓他蒼白俊帥的臉孔留下一道傷痕。

比起自己胸前的灼痛感，臉上的小小刺痛才是讓紳士蜘蛛勃然大怒的原因。

他摸上自己的臉，感受到原本光滑的肌膚上居然出現一處凹凸不平，眼裡燃起驚人的怒火。

「你這個膽大包天的醜八怪！竟然……竟然敢破壞我無上的美貌，竟然敢破壞如此珍貴的一張臉！這可是我美麗無雙的臉！」紳士蜘蛛的速度猛然再加快，他的腹部末端竟是同時噴出了白絲。

每條絲線都折閃著鋒利冰冷的寒芒，如同一柄柄利刃射向了準備自後襲擊的惠窈。

惠窈直覺地感到危險，在捕捉到寒芒的剎那間，身子隨著本能地一個偏閃，讓那些絲線擦著他的髮絲而過。

一綹綠髮飄了下來，飛散在蛛絲地毯上。

惠窈反射性摀上自己耳邊，心裡捏了一把冷汗。要是他再晚個幾秒，這張臉蛋就得見血了。

然後他回到家就得面對老爹的歇斯底里和驚慌失措。

唔哇，光想像就覺得好討厭……惠窈打個哆嗦，爲了不被自家老爸發現他晚上溜出來打怪，他提振起十二萬分的精神，連帶地好勝心也被激起。

惠窈心念一動，手上燃起墨黑火焰，他的雙瞳也一併出現古怪的變化，瞳孔裡的黑色流溢向外，頃刻變成了一雙黑眼白瞳。

黑焰勢力加劇，像活動的煙霧盤繞鐵棍外圈，讓惠窈看起來像握著一根黑色火把。

紳士蜘蛛裂開的嘴裡霍地發出怪異的咆哮聲，像是多種野獸嚎叫混雜在一起，刺耳又令人毛骨悚然。

柯維安與惠窈再次提高警戒，嚴陣以待紳士蜘蛛的下一波攻擊。

可他們怎樣也沒想到，最先傳來異狀的居然會是腳底下。他們站著的蛛絲白毯驟然往下一沉，失重感瞬間侵襲他們全身。

兩個男孩在毫無防備之下隨著白毯跌落在地，差點摔得狼狽。

「唔啊！怎麼……怎麼回事！」柯維安急忙穩住身體，就怕兩旁的小蜘蛛會一口氣往他們這裡衝上。

可出乎他們的意料，蜘蛛大軍沒有如潮水往他們腳邊淹來。相反地，它們分成一個個小團體，每個小團裡的蜘蛛都層層疊疊地堆在一塊。

它們不停地吐絲，雪白的蛛絲交纏糾結，轉眼凝塑出人形輪廓。

柯維安他們這下總算知道麗澤樓裡的白色人形是怎麼來的。

原來就是小蜘蛛躲在制服裡吐絲，再纏出一個人體的形狀。

不到片刻，數十個白色人形便矗立在柯維安與惠窈面前，並且在下一秒朝他們撲了過去。

至於紳士蜘蛛，他沒有再加入這場戰事。他摀著自己受傷的臉，另一手往舞台方向一伸，一束白絲射出，迅雷不及掩耳地鑽入舞台的裂縫底下。

等到白絲再收回，上頭已黏著一面鏡子。

紳士蜘蛛拿著鏡子，傷心憤怒地照著自己臉頰上那道指甲大的傷口，然後看著看著，竟沉迷於自己的美貌無法自拔。

雖說出現了那一點瑕疵，也沒有破壞他那麼好看的臉。

但即使如此，讓他臉受傷的始作俑者也別想逃過懲罰！

紳士蜘蛛眼不離鏡，嘴裡吐出低啞的吼叫，「我的小寵物，把他們的衣服剝光，融掉他們全身上下的毛髮！等我吸取他們的精氣，我要把他們吊在外面，讓這世界知道他們究竟有多醜！」

「靠靠靠靠！這個手段也太惡毒了吧！」柯維安寒毛炸起，要是真的讓紳士蜘蛛得逞，他們鐵定要成爲神使公會的笑柄了。

惠窈在意的點與柯維安全然不同。

「就說了……不准說我的這張臉醜！」惠窈平時不是多自戀的人，但他絕不允許有人詆毀他的美貌。他腳下速度加快，如同一道疾迅閃電，主動拉近與白色人形的距離。然後揚起纏著黑焰的鐵棍，毫不留情地全力揮出。

「哇，全壘打耶！」柯維安分出一絲心神，讚歎地看著那個白色人形被惠窈打飛至另一頭。

一個人形趁隙靠近，雙手就要自後抓住露出破綻的柯維安。

可就在它即將成功之際，前方的鬈髮男孩猝不及防地一扭身，毛筆筆尖飛也似地由下往上一畫。

金澄潑墨在白色人形上留下閃耀的一筆。

這一筆，也讓白色人形分崩離析。

纏得緊密的蛛絲霎時鬆垮，崩散一地，從裡頭鑽出的小蜘蛛慌張地逃竄，爬回了紳士蜘蛛體內。

紳士蜘蛛依舊沒有多分一眼給柯維安和惠窈。在他看來，才解決一個白色人形的兩人還不足以讓他再次親自動手，他更寧願多盯著鏡子裡的自己。

就算已知他們一個是神使，一個是妖怪，可對紳士蜘蛛來說，他的小寵物數量眾多，絕對可以以量來碾壓他們。

柯維安二人不知紳士蜘蛛的想法，但不管如何，這反倒減輕了他們的壓力。

那些白色人形剛才展現的力量、速度與紳士蜘蛛相比，顯得遜色不少。

這在柯維安看來，更是天大的好消息，他的金字又可以派上用場了。

吸附著金墨的筆尖在地面如遊龍矯健行走，幾個勾勒便完成了一個「封」字。

白色人形的行動被釘住，無形的力量絆住它的雙腳，讓它難以前行一步。

這時候，惠窈就會把握機會，舞得虎虎生風的鐵棍俐落砸上敵方腦袋，附著在棍上的黑焰更是乘勝追擊，凶猛地吞噬白色蛛絲。

惠窈的黑焰確實還不成熟，倘若讓他直接把火焰當子彈或是砲彈射出，十之八九會偏了方向。

然而換成這種輔助的方式，運用起來得心應手多了。

在彼此的配合下，柯維安與惠窈以極快的速度收割敵人。

一個、兩個、三個……場上還站立的白色人形漸漸減少，更多的小蜘蛛逃難似地躲回了紳士蜘蛛體內。

紳士蜘蛛終於再次被驚動了，他扭過頭，幽幽碧瞳盯住了柯維安與惠窈。

「你們……」紳士蜘蛛慢慢地開口，隨著他的話語，他那張裂至下頷處的嘴巴又出現了裂縫，一路裂開至胸腔的位置，肋骨跟著外翻出來，簡直像是另類的鋒銳獠牙，

「不只弄傷我的美貌，還打擾我欣賞自己的時間，你們真的是——罪該萬死！」

第十一章

伴隨著那聲嘯吼，從紳士蜘蛛體內震蕩出驚人的音波，橫掃至柯維安和惠窈身前，直接把他們掀翻好幾公尺遠。

柯維安二人在空中扭轉身勢，好讓自己落地時不會摔得太過狼狽。

他們一站直身體，就見紳士蜘蛛上半身抖動，接著聽見對方發出了打嗝般的聲音。

還沒等他們猜出對方的意圖，就見到那張駭人的嘴巴內有成堆亮著紅點的黑影翻滾出來。

是蜘蛛群。

但與先前的小蜘蛛不同，這次出現的赫然是尺寸翻了好幾倍的大蜘蛛，每一隻都差不多有籃球大小，堪稱是蜘蛛界中的巨無霸了。

當然，與紳士蜘蛛相比，兩者的體型還是小巫見大巫。

但籃球大的蜘蛛，以常人眼光來看依舊夠嚇人了。

這些中型蜘蛛的數量比小蜘蛛時少了些，彷彿是將所有蜘蛛重新打散再混合一樣。

這些中型蜘蛛沒有像之前般凝聚出白色人形與柯維安二人對抗，而是採用最原始的攻擊，橫衝直撞地直逼向他們。

「雖然我不怕蜘蛛，但這種的還是不要了吧！」柯維安呻吟一聲，與惠窈趕緊轉身往後跑。

直接和一批蜘蛛大軍硬碰硬，他們又不是傻了。

無奈中型蜘蛛緊追不放，八隻腳動得飛快，一雙雙紅眼睛閃閃滅滅。

而紳士蜘蛛這次也不再袖手旁觀。

他的絲囊不時吐出一束束白絲，它們細長堅硬，末端鋒利，就像飛箭自上方兜頭落下。

這讓柯維安和惠窈陷入了危機之中。

他們不只得阻止中型蜘蛛撲上來啃咬，還要提防來自頭上的攻擊。

「啊啊啊太要命了吧……」柯維安嘴裡叨唸不停，手上的毛筆也沒閒著，他不停地揮灑撇畫，讓金墨如水花飛濺。

惠窈則是將鐵棍當成了高爾夫球桿使用，「啪啪啪」的聲響接二連三，每一次聲音響起，都有一隻中型蜘蛛被擊飛出去。

但蜘蛛們前仆後繼，縱使被打飛出去，沒多久又會捲土重來。

而紳士蜘蛛的蛛絲就像是不知何時會墜下的冷箭，令人防不勝防。

面對前有蜘蛛，後也有蜘蛛的險況，柯維安和惠窈只覺萬分頭大。

「學長，怎麼辦啊……」惠窈手臂蓄力，再猛地朝撲來的中型蜘蛛一個俐落揮擊，「沒有那種一口氣可以解決一切的大招嗎？」

「我想想、我想想……」柯維安像在自言自語，揮灑金墨的動作依舊持續不懈，康樂館的地板上處處充斥著凌亂的金痕，乍看下活像一幅幅鬼畫符，「啊！」

「怎麼了，有了嗎？」惠窈忙不迭扭過頭，眼裡染上一絲驚喜。

「姑且算有！」柯維安一腳踹開被塗上金墨、疼得在地面打滾的蜘蛛，冷不防向後撤退，「但要你先擋著！」

「又是我？我要怎麼擋？我現在就已經……」惠窈深吸一口氣，再來一記漂亮的揮桿，「很忙了！」

「你得為我爭取時間，三分鐘！別讓人……蜘蛛來妨礙我，你就用你的火焰吧！」

柯維安一喊完就真的收手往旁邊跑，連蜘蛛都不管了。

「學長！」惠窈恨不得再長出一隻手把人給拖回來。

眼見部分蜘蛛想追著柯維安而去，惠窈看看自己纏繞手上及鐵棍上的闃黑火焰，只能一咬牙，試著豁出去了。

「誰都別想……越雷池一步！」比深夜還漆黑的火焰轉瞬壯大火勢，熊熊烈火自鐵棍末端延伸而出，像條碩大尾巴。

下一秒，黑焰化成的大長尾以劈風斬浪的悍然氣勢，一口氣朝右前方的蜘蛛群橫掃過去。

惠窈本是想瞄準右前方的，但他操火技術真的還不夠成熟，火焰一旦脫離了他的雙手，準頭便無法期待。

甚至就連惠窈自己都不曉得是怎麼歪的，他明明瞄準右邊，為何會跑到左邊去啊！

唯一讓惠窈稍微感到安慰些的，是左邊還有個紳士蜘蛛。

他雖然沒成功替柯維安鏟除追兵，但起碼誤打誤撞地打到了追兵的老大。

紳士蜘蛛見黑焰來勢洶洶逼近，第一眼直覺感到危險。他發出了尖利的嘯聲，八隻腳飛快挪動，但還是有一側被黑焰擦到了。

嘯聲變成痛嚎聲，同時也讓本來想追著柯維安而去的蜘蛛群瞬間轉向，一股腦地衝回主人的身邊。

柯維安正忙著在地板上塗塗寫寫，不時還把毛筆戳進抱在懷裡的筆電螢幕裡。他東畫一筆、西畫一撇，塗寫的過程中忽地聞到一股香氣。

「這什麼……」他忍不住吸吸鼻子，「爲什麼我好像聞到香雞排的味道？」

隨著柯維安抬頭，撞入眼中的是惠窈的火焰舔上了紳士蜘蛛的頭髮，將那頭比月光還閃亮的銀髮的一部分燒得又焦又捲。

「會有香雞排味應該是我很想吃吧！」惠窈吞吞口水，腦子裡已不受控制地浮現炸得又香又金黃的厚皮脆雞排，「力量還沒成熟，把敵人燒得久一點就會散發食物的味道。至於會有什麼味道……」

柯維安懂了，就是看惠窈當時最想吃的是什麼，火焰在燃燒敵人時便會跟著散發那股氣味。

「所以我才不喜歡用嘛！」惠窈哀聲嘆氣，「準頭很難拿捏，重點是聞了很餓！」

「你害得我都想吃香雞排了。」柯維安跟著吞嚥口水。

而被迫散發香雞排氣味的紳士蜘蛛則是震怒不已，他微俯下身，裂至胸口處的大嘴猛然噴吐出大量絲線。

無數閃著微光的白絲就像一場驟雨，毫不留情地要將下方的惠窈吞沒。

惠窈再次掃出黑焰，卻依舊沒有成功揮到他想要的位置，距離紳士蜘蛛根本差了十萬八千里。

惠窈倒吸口氣，卻來不及再做出其他反擊。線雨的攻擊範圍將他完全籠罩其中，沒有任何防護的他無疑砧板上的肉，只能任人宰割。

柯維安目睹此景，瞳孔遽然收縮，「惠窈——」

說時遲、那時快，驚人的金燦火焰自外席捲而來，如驚濤駭浪拍打上康樂館的玻璃大門。

多扇大門霎時齊聲碎裂，那些飛濺的玻璃碎片才脫離門框，又被金焰吞捲回去。

同時一抹疾影直奔至惠窈身邊。

惠窈還沒來得及回神，就被人一把拉住手腕，緊接著他的頭頂上綻開了一朵淡紫色大花。

不，不是眞的花。

是一把綴著蕾絲的淡紫色洋傘。

「學姊！」惠窈震驚地大叫出聲，睜得圓圓的眸子裡倒映出黑長直髮的蒼白少女。

「是，學姊在……」秋冬語低頭看了惠窈一眼，握著傘柄的手臂伸得又長又直，像是筆挺的花莖，「要抱抱你嗎？」

「不不不，還是不用了。」惠窈趕忙搖手，就怕秋冬語現場表演個單手舉抱。

白絲往下直墜，打在傘面上，卻沒有如紳士蜘蛛預期的那樣刺穿洋傘，再將底下的獵物削掉衣物和毛髮。

那柄看似脆弱柔軟的洋傘竟是異常堅硬。

本該鋒銳的蛛絲砸墜在傘面，發出咚咚咚的音響，猶如雨聲連綿不斷。

紳士蜘蛛全然沒想到那把小破傘居然可以擋下他的攻擊，憤怒和惱火交織在一塊，讓他理智斷裂。

這一次，他不再讓自己的寵物們當前鋒，而是自個兒衝出來了。

他的八隻步足在地板戳出驚人聲響，每一下都把地面戳出凹洞。他速度加快，像台聲勢浩大的戰車朝那兩道人影一路輾壓。

而另一邊，柯維安也準備好了。

「小語、惠窈快讓開！」柯維安將筆電往包裡一塞，等惠窈和秋冬語退離，立刻握著他補好金墨的毛筆，大開大闔地往地上揮灑下最後一畫。

「一筆蓮華——」

金亮的痕跡貫穿那些看似凌散在四周的筆畫之間，拉出長長的一抹艷色。

「華光綻！」

瞬時耀眼金光自地面暴起，如一柄勢如破竹的金色大刀，以摧枯拉朽之勢直衝蜘蛛大軍和牠們身後的紳士蜘蛛而去。

紳士蜘蛛瞳孔瞠大，眼底被金光佔滿，最末吞沒所有視野——

隨著金光消散，所有中型蜘蛛消逸無蹤，而原本體積龐大的紳士蜘蛛則迅速縮小，最後摔落在地面上的，不再是先前柯維安他們見過的成熟男人。

赫然是一名臉孔青稚的長髮少年。

「咦？咦咦咦咦咦？」柯維安氣喘吁吁地以毛筆拄地，面前的景象讓他瞪圓了眼，不敢置信地拔高嗓音，「這麼矮的喔！」

「學長，人家站起來大概還是比你高啦。」惠窈吐槽。

「我說矮就矮。」柯維安很堅持，他可是還記恨著紳士蜘蛛之前對自己的嫌棄，「啊啊，救命……我累癱了，真的不行了，今天運動量完全超標……」

柯維安說完就像再也支撐不住，手一鬆，一屁股跌坐在地，毛筆則是化成光點自動消散。

「等等，學長，好歹先檢查一下那隻紳士蜘蛛吧。」惠窈連忙說道。

「拜託你或小語了，你學長真的不行了……」柯維安有氣無力地擺擺手。

「我去吧。」秋冬語拍拍惠窈的肩膀，輕盈地越過他往前走，洋傘被她收起拎提在手中。

秋冬語來到紳士蜘蛛面前，打算用傘尖戳戳對方，沒想到就在這瞬間——

以爲已經昏迷的紳士蜘蛛驀地撐起了上半身！

目睹此景的柯維安和惠窈一顆心猛地提起，示警的話語剛來到嘴邊，多道金影已更快一步地到來。

柯維安他們只覺眼前有什麼一閃而逝，再一眨眼，震驚布滿他們的臉龐。

不只柯維安和惠窈呆若木雞，就連紳士蜘蛛也目露驚駭。

因爲捲住他身體、束縛住他所有行動的……竟是一條條毛茸茸的金褐色大尾巴。

一、二、三、四，總共有四條蓬蓬鬆鬆、一看就感覺觸感很好的尾巴。

柯維安他們慢慢地扭過頭，看見尾巴的主人正冉冉地朝著他們走來。

那人留著一頭金褐色的柔順長髮，膚色雪白，一雙眼瞳盈盈似水，眼波流轉間教人覺得楚楚可憐，不由得心生呵護之意。

柯維安與惠窈的嘴巴還是沒辦法閉上。

那是他們知道的左柚。

卻又不是他們曾見過的左柚。

此刻的金褐髮少女頭上冒出一雙狐耳，四條狐狸尾巴從她身後舒展而出，像長鞭般纏綑住紳士蜘蛛，令他動彈不得。

事實上，紳士蜘蛛也不敢動彈。

柯維安與惠窈對視一眼，不禁同時吞了口口水。

他們怎樣也沒想到，以爲只是愛好廢墟的普通少女，居然來歷如此不凡。

單單那四條狐狸尾巴，就已經足夠說明左柚的身分有多麼驚人。

她是一隻妖狐，而且還擁有四條尾巴。

一條尾巴代表一百年。

四條尾巴……代表著左柚是活了四百年以上的四尾妖狐！

「但、但是……」惠窈費了一番力氣，才找回自己的聲音，「爲什麼四尾妖狐會跑來這？」

「嗯，我是來參加夜遊……也想找到一隻適合的貓。」左柚柔柔地說，「不是故意要瞞著你們的，眞的很抱歉。」

「不不不，這不是什麼須要道歉的事，妳還救了我們呢。」柯維安連忙搖著手，「但是，貓？爲什麼會來這裡找貓？」

紳士蜘蛛也不自覺豎起耳朵，想知道這名大妖來旭日高中到底想找什麼貓。

「我來繁星市玩的時候，正好聽見有妖怪說起這地方有可愛的錢貓出沒。」左柚收回了自己的尾巴，取而代之的是幾盞金焰浮立在紳士蜘蛛周圍，預防他再有任何不軌的舉動，「我有個重要的……現在該稱呼弟弟了。他喜歡可愛的小動物，我那時候想說可以抱一隻送給他。」

「錢貓？」惠窈一頭霧水地看向柯維安，「學長，那是怎樣的貓？你知道嗎？」

柯維安他還真的知道。

「那個……」柯維安乾笑一聲，「我想錢貓不適合送人，畢竟牠又被叫作石虎。而且妳說的那兩隻，已經被我們送到神使公會去了。」

「石虎？」左柚訝異地輕呼一聲，「我好像有在哪裡聽過這個。」

「石虎，國家保育類動物。」秋冬語細聲細氣地幫忙補充，「目前瀕危中，數量稀少，只在中部地區有分布記錄。」

「啊，原來是衝著大花、小花來的啊……」惠窈恍然大悟。怪不得左柚前些天會出現在旭日高中，還被那兩隻石虎妖怪綁走。

現在想想，原來人家是自願當人質，如果他們去得晚，只怕那兩隻妖怪已被打包成寵物送人了。

「那時候？」柯維安沒錯過左柚的用詞，「所以現在是……」

「我前天打過電話問他了，他說他們家不適合養貓，不過幸好我也沒送給他，不然他一定會很傷腦筋的。」左柚像是放下心地吐出一口氣。

「我覺得……送禮也可以考慮送吃的，這隻先借給妳。」柯維安將惠窈一把朝左柚那邊推了過去，「他對吃的非常有研究。」

「咦？啊，對，沒錯！」惠窈即刻自信滿滿地挺起胸，開始與左柚分享起他的一連串美食記錄。

那邊惠窈拉著左柚大談美食經，這邊柯維安也沒忘了正事。

「小語，妳們有碰到阿橋嗎？還有另外兩個參加夜遊的人？」

「都……找到了。」秋冬語點點頭，「先救了那對情侶，送他們出校門。左柚讓他們記憶模糊，不會記得這裡發生的事……路上折回來，碰到一個白色的人，然後再抓到阿橋……」

「欸？抓到了？那人呢？」柯維安探頭向門邊看，玻璃盡毀的大門附近沒看到任何像是阿橋的身影。

聽見柯維安的疑問，左柚驀地回過神，「啊，我差點忘了，你們等等我。」

左柚走到康樂館外，沒一會再折返回來，只不過這次她的手裡多了一個人。

「哇賽，這誰啊！」惠窈忍不住驚呼出聲。

柯維安也是差不多感想，實在是被左柚拎進來的人鼻青臉腫的，一張臉看上去跟豬頭差不多，還看不出是醒的或是昏的。

左柚將人放到地上，從對方連吭一聲都沒有來看，顯然是失去意識了。

「這是誰？」柯維安好奇地問道。

「他是阿橋。」左柚說道。

「什麼？這東西是阿橋？」柯維安震驚極了，他仔細再端詳幾分，總算很勉強地辨識出些許屬於阿橋的五官，「呃，他怎麼會變成……這樣？」

回答的人是秋冬語，「路上遇到他，想抓住。但一抓住他，他的手就抖個不停……」

「又抖？」惠窈蹙起眉，「他今晚都抖幾次了？不管是他碰左柚，或是碰我，現在連學姊……」

一個猜測倏地在柯維安腦中浮現，「這人該不會……其實是對女性過敏？有恐女症之類的？」

如果是的話，那麼阿橋今晚那些怪異的舉動，自然有了合理的解釋。

「不是恐女……」秋冬語搖了搖頭，慢吞吞地將當時的事情說出來。

她們在碰上準備逃跑的阿橋時，最先抓住他的是秋冬語，結果對方被碰觸到的那隻手抖個不停。

而在掙扎過程中，阿橋誤觸了左柚胸前，接下來他不只是手，全身都抖個不停了。

接著阿橋竟是抱著肚子，開始彎腰嘔吐，吐出了數十隻小蜘蛛。

那些蜘蛛一下被左柚的火焰燒得精光。

吐完蜘蛛的阿橋看見左柚和秋冬語時面露驚恐，一副大受打擊的模樣，接著更是握著自己的手，發出歇斯底里的哀號。

「他喊著……」秋冬語用平淡、毫無起伏的聲調，重新還原阿橋當下的反應，「手要爛了，居然摸到少女的胸，我發誓要爲美艷的大姊姊守身如玉，我的第一次應該是要

獻給熟女的……我髒了，我已經不乾淨了……嗚嗚嗚，還以為幫那位大人找獵物，可以趁機搭訕到漂亮熟女，來個英雄救美刷個存在感……可是爲什麼，爲什麼來的都是黃毛丫頭……」

「我怕他太吵，就把他打暈了。」左柚靦腆地笑著說，「只是似乎有點不小心，好像稍微大力了一點。」

柯維安與惠窈沉默地看著地板上的那坨玩意……看起來不是有點不小心的樣子呢。

「等等，所以他那時候會手抖……」柯維安驟然靈光一閃，「是因爲應激反應嗎？太抗拒年輕女孩子，但又被控制不得不接近她們，才會抖成那德性啊。」

說到控制，柯維安將目光轉回至紳士蜘蛛，「你……」

不等柯維安問完整句話，紳士蜘蛛馬上一秒跪下，跪得又快又標準。

「對不起，是我錯了！我不該勉強自己吸取那些長得稍微醜的人類女孩精氣，我也不該控制那幾隻妖怪和人類，來替我尋找或搬運獵物，我以後一定會當隻好蜘蛛的！」

柯維安正想著自己哪來這麼大的能耐，可以讓紳士蜘蛛迅速下跪，隨後發現對方的眼神是看著左柚，他頓時明白了。

怪不得跪那麼快，畢竟這裡有隻四尾妖狐在呢。

「那，現在怎麼辦？」惠窈戳戳柯維安，「沒我的事了吧，可以收工回去吃宵夜了吧。」

柯維安摸摸下巴，陷入思考。

如何處理這隻嚴格來說沒對人類造成太大傷害的紳士蜘蛛，的確是個問題。放著不管好像不對，但下殺手感覺又太超過了一些。

柯維安很快有了決定，丟給狐狸眼的處理吧。

公會的高層是用來幹嘛的？當然是用來甩鍋和承擔責任用的啊！

在左柚的幫忙下，她的金焰繼續環繞在紳士蜘蛛周邊，如此一來，即使他們先回到校門口，對方也無法趁機逃脫。

柯維安一行人沿著原路走回旭日高中的大門，門外停著兩輛車。

一台自然是安萬里的，至於另一台……

隨著安萬里下了車，另一台的駕駛也推開門，走了出來。

柯維安與惠窈的眼睛、嘴巴頓時張得又圓又大。

「惠先生？」

「老爸！」

下車之人竟也是柯維安他們熟識的人物，尤其對惠窈來說，更是熟得不能再熟了。來人正是惠先生，神使公會的警衛部部長，同時也是惠窈的父親。

他一身黑西裝，在夜晚還戴著墨鏡。體型高大魁梧，氣勢威猛，站著不動時容易被人誤認成保鏢。

但惠先生一開口，馬上失了那份威嚴，「小窈，怎麼可以瞞著爸爸跑來這地方呢？你昨天不是跟我說要去找柯維安玩，會晚點回來？你知道我之前在這看到你有多吃驚嗎？嗚嗚，你居然會騙我了，爸爸我好難過……」

「我哪有騙你？」惠窈掏掏耳朵，一副漫不經心的態度，「維安學長不是也在這嗎？我是跟他出來玩沒錯啊。哎唷，你怎麼會跑來這裡？」

「對啊，惠先生你怎麼會……」柯維安突然想起左柚就是坐惠先生的車過來的，「等等，左柚是公會的客人嗎？啊，難道說……」

柯維安一下子串連起所有線索，得到一個推論，「狐狸眼的……我是說，安老師要我們幫忙接待的客人？」

「是，就是我呢。」左柚輕輕頷首，臉上是歉意的微笑，「沒有主動告知你們眞是不好意思。」

「眞的別在意。」柯維安笑嘻嘻地說。

另一邊，惠先生還在喋喋不休地對惠窈表達一名老父親的關懷，「爸爸我是擔心你啊，現在男……我是說女孩子出門在外很危險的，你又沒有打電話回來報個平安。不只是我，你媽也會擔心。」

「老媽肯定是在追劇，才沒空管別的事。你好囉嗦，我眞的要喊了喔。」爲了阻止惠先生一發不可收拾的長篇大論，惠窈捏著嗓子，還不忘跺跺腳，「爸爸我最討厭你了啦！」

惠先生瞬間閉嘴，摀著胸，一副「吾兒叛逆傷透我心」的悲慟模樣。

現場的人誰也不想理會這對父子。

「安老師。」柯維安三言兩語地將旭日高中內發生的事說了一遍，末了再將紳士蜘蛛的問題推給對方，「裡面那隻就交給你了！」

安萬里的回答也很乾脆，「惠先生，那隻紳士蜘蛛就拜託你們警衛部了。」

「什麼？」冷不防被點名的惠先生猛地扭過頭，力道之大像是能拉傷脖子，「副會長你說什麼？」

「我說，紳士蜘蛛就麻煩你們部門了。」安萬里不介意再重覆一遍，「左柚和維安他們就由我載回去吧。」

「我也可以載他們回去。」惠先生據理力爭，「而且我們部門都一把年紀了，晚上加班實在很傷。」

「惠先生。」安萬里微微一笑，「要懂得敬老愛幼才行喔。」

惠先生猛然意會過來面前看起來比自己年輕許多的黑髮男人，實際上是個七百多歲的老妖怪。

惠先生一時語塞，可隨即又從另一個觀點下手，「那副會長，你要愛幼吧。」

「有啊，所以我才要帶這群小朋友們回去。」安萬里笑意不變，「而且，我是副會長，懂嗎？」

惠先生無話可說了，職場官階大一階，果然是壓死人。

「掰啦老爸，加班加油，我會跟老媽說不用等你回來了！」惠窈上車後，不忘探出頭對惠先生歡快地揮揮手。

被留下的惠先生在晚風中像個孤單老人，他氣得磨磨牙，決定把自己的屬下全都挖起來。

怎麼可以只有他一個人被迫加班！

姑且不論警衛部之後會是多麼怨聲載道，坐車離去的柯維安一票人倒是沒任何愧疚感。

車上左柚接了一通電話，也不知道對方說了什麼，她忽然要求安萬里直接載她去繁星車站。

「咦，妳要走了？」柯維安訝異問道：「這麼快？不多留幾天嗎？我們都還沒帶妳在繁星市玩一圈呢。」

「謝謝你們，不過我忽然想起有件重要的事。」左柚柔聲地說，「我弟弟的堂姊明天生日，我想回西山一趟準備禮物，這樣明天才有充足的時間趕去潭雅市。今天在旭日高中我也玩得很愉快了，謝謝你們一路的多方照顧。」

既然左柚都這麼說了，安萬里也不再挽留，方向盤一轉，就往通向繁星車站的道路開去。

一直等到左柚下車離去，柯維安才終於將心裡憋著的疑問問出來。

「左柚剛剛是說……她弟弟的堂姊？那不就也是她的堂姊嗎？為什麼要用這種方式稱呼啊？這到底是怎樣的親戚關係……安老師你知道嗎？」

「大概知道，不過我不會告訴你。」安萬里壞心眼地說。

「啊，太過分了吧！小語、惠窈，快來跟我一起討伐這傢伙！」

「不要，好麻煩喔，我想吃宵夜……」惠窈有氣無力地說。

「同意……想吃飯糰。」秋冬語細聲接話。

「唔，這麼一說，我也……」柯維安摸著肚子。

「安老師帶你們去夜市吧，當然帳報公會的。」看著後座一票又累又餓的小朋友，安萬里發話了。

這個決定立刻換來一片歡呼。

「安老師萬歲！」

「飯糰、飯糰、飯糰……」

「我要吃烤魷魚、紅豆餅、章魚燒，還有還有……太多想吃的，學姊妳到時跟我分。」

「沒問題……」

「別漏了我，我也可以幫忙吃一點的！」

「哎，學長你戰力有點弱耶。」

聽著年輕人嘻嘻哈哈的吵鬧，安萬里臉上忍不住也浮現了柔軟縱容的笑意。

車子一路駛向了夜色之中。

尾聲

關於校刊社上的靈異小專欄，柯維安最後成功交出了一篇稿子。

不過毛小雅的表情有點一言難盡。

「我說維安……」校刊社社長捏捏眉心，「你確定你要交這種內容上來？」

「有什麼問題嗎？」柯維安不解地反問，「我把受訪者說的經歷都寫上去了，我覺得寫得還挺不錯的。」

「對，是還不錯，看起來就像一篇嚇人的鬼故事。」毛小雅說，「但問題就在太像虛構的。怎麼可能夜遊還會碰到跟籃球一樣大、或是比人還高的蜘蛛？」

「咳嗯……」柯維安眼神游移了下，不好意思說他把自己的經驗也寫進去了。

「算了，反正撞鬼什麼的，本來就不可能是真的。」毛小雅即使在看過柯維安的稿子後，還是堅信世界沒有神鬼，只覺得那是受訪者們驚嚇過度產生的幻覺，「虛構出來的也沒關係。不過你也別趁機在裡面宣傳不可思議跟超現實有多麼棒，你要是想找同好的話，幹脆自己也創個社吧。」

柯維安之前也有這想法，毛小雅的建議讓他下定決心。

「這眞是一個好主意，小雅，謝謝妳了！」柯維安握住毛小雅的手，用力地搖了搖，「我這就去找人來當我們的社團老師！」

「嗯嗯嗯，什麼社團老師？」

「妳不是建議我創社嗎？心動當然要馬上行動，我先走了，掰！」柯維安拎起書包，一溜煙地跑去這時候通常還沒離開教室的秋冬語。

秋冬語果然還待在教室內。

「小語，我們來創一個社吧！」柯維安興致勃勃地說，「可以光明正大、多多收集到不可思議事件的社團，不然總是用校刊社名義來約人訪談感覺也挺麻煩的，就連社團老師我也想好要找誰了。」

「安老師？」秋冬語一下就猜出柯維安的心思。

「沒錯，就是他。如何？如何？」

「沒意見，但可能招不到人……」

「哎呀，做了才知道吧，我連名字都想好了。」夕陽餘暉下，鬈髮男孩的笑容明朗燦爛，「就叫——」

「不可思議社吧！」

《夜的冒險譚》完

後記

又來到我們後記時間了～

這次「神劇」比較早跟大家見面，封面是高中時期的維安和小語！

這次就不是作夢啦XD而是真的在講維安高中時發生的事。

總之讓我們先用力讚歎夜風大的美圖。

真的是太美啦，維安屁屁看起來有夠翹的，想摸（被報警

維安這次負責獨挑大梁，由他來擔任第一男主角，他的好麻吉一刻這時候仍然在潭雅市過著高中生活。

雖然一刻沒出場，不過找了一刻的姊姊負責客串一下。

許久不見的左柚，大家想不想她啊～

看見那套制服瞬間覺得好懷念啊，再次穿制服出場的左柚還是美得像小仙女一樣！

除此之外，這回「神劇」還加了一個新的重要角色。

一直只在《神使繪卷》對話裡出現、「神劇」《愛的試煉地》出場一幕的惠窈……

終於也在「神劇」第六集正式出場了！

這時候的惠窈還只是國中生，不過看起來已和維安差不多了，只能說維安臉太嫩XD

也許有人看到惠窈的造型會覺得眼熟。

沒錯，惠窈同時還在另一部作品當主角喔！

這時候當然也是要趁機打廣告，《我，精靈王，缺錢！》，講的就是惠窈因爲這樣那樣的緣故，結果穿越到異世界去啦。

還在那邊當上了精靈王，帶著一票小精靈準備拯救世界！

如果對他未來的故事感到好奇的話，《精靈王》等著大家跳坑~

是說「神劇」和大家見面的時候，應該是四月多的事。

這時候距離國際書展還有約兩個月。

今年書展換時間了，是在六月份喔，好希望這次能順利舉辦！

我好想去書展買書喔喔喔喔喔！

那麼，我們下一本書見了～

醉琉璃

神使劇場熱鬧感想區QR Code
歡迎大家上來分享心得唷！

Main Cast

Thanks for reading❤

國家圖書館出版品預行編目資料

神使劇場：夜的冒險譚 / 醉琉璃 著.
——初版. ——台北市：魔豆文化出版：蓋亞文化發行，2022.04
面； 公分.（Fresh；FS193）
ISBN 978-626-95887-0-1（平裝）
863.57 111003521

作　　者　醉琉璃
插　　畫　夜風
封面設計　莊謹銘
總 編 輯　黃致雲
發 行 人　陳常智
出 版 社　魔豆文化有限公司
發　　行　蓋亞文化有限公司
地址：台北市103承德路二段75巷35號1樓
電話：02-2558-5438　傳真：02-2558-5439
電子信箱：gaea@gaeabooks.com.tw
投稿信箱：editor@gaeabooks.com.tw
郵撥帳號 19769541　戶名：蓋亞文化有限公司
法律顧問　宇達經貿法律事務所
總 經 銷　聯合發行股份有限公司
地址：新北市新店區寶橋路二三五巷六弄六號二樓
電話：02-2917-8022　傳真：02-2915-6275
港澳地區　一代匯集
地址：九龍旺角塘尾道64號龍駒企業大廈10樓B&D室
電話：+852-2783-8102　傳真：+852-2396-0050
初版一刷　2022年 4月
定　　價　新台幣 260 元
Published and printed in Taiwan

ISBN 978-626-95887-0-1

魔豆

魔豆